10

FUSION FANTASTIC STORY

A Bittersweet Life

미더라 장편 소설

도서출판 청어람

미더라 장편 소설

즐거운 인생 10

미더라 장편 소설

초판 1쇄 찍은 날 § 2015년 4월 1일
초판 1쇄 펴낸 날 § 2015년 4월 8일

지은이 § 미더라
펴낸이 § 서경석

편집부장 § 권태완
편집책임 § 이창진

펴낸곳 § 도서출판 청어람
등록번호 § 제387-1999-000006호
등록일자 § 1999. 5. 31
어람번호 § 제1-2089호

주소 § 경기도 부천시 원미구 부일로 483번길 40 서경B/D 3F (우) 420-822
전화 § 032-656-4452 팩스 § 032-656-4453
http://www.chungeoram.com
E-mail § chungeorambook@daum.net

ISBN 979-11-04-90180-5 04810
ISBN 979-11-316-9220-2 (세트)

CONTENTS

CHAPTER **59**

함정

주혁이 공항에서 내릴 때까지만 해도 아무런 문제가 없었다. 소식을 알리지 않았는데도 어떻게 알고 찾아온 것인지 열광적인 팬들이 그를 맞이했고, 다소 어수선한 분위기가 이어졌다. 그런데 이내 문제가 생겼다.

"잠깐 같이 가시죠."

심각한 얼굴을 한 사람들이 다가와서는 주혁 일행에게 이야기를 했다. 경찰과 마약 조사과 직원이었는데, 문제가 있으니 조사를 해야겠다는 거였다.

"마약이요?"

"일단 가서 이야기를 하시죠."

경찰이 주혁의 양옆에 서서 움직였다.

주혁과 장백은 어리둥절했지만 일단은 따라갈 수밖에 없었다.

어리둥절한 건 팬들도 마찬가지였는데, 주혁 일행이 경찰과 가는 장면을 핸드폰으로 찍고 있었다.

"짐에서 마약이 발견됐습니다."

"마약이라니요?"

"짐에 있던 운동화 밑창에서 마약이 나왔습니다."

주혁은 고개를 갸웃거렸다. 운동화는 자신의 짐에 없었기 때문이었다.

"운동화라뇨? 저는 운동화를 짐 가방에 넣은 적이 없는데요?"

"그러니까 본인의 것이 아니라는 말씀이군요."

"예. 그렇습니다."

"처음에는 다 그렇게 말합니다."

조사를 하는 경찰은 애초부터 주혁을 범인으로 단정하고 있었다.

조사하는 내내 주혁이 하는 말은 제대로 듣지도 않는 눈치였다.

살짝 흥분된 기색까지 보이는 것으로 보아, 한 건 제대로 건졌다는 생각을 하고 있는 듯했다.

결국, 주혁은 마약 밀수 현행범으로 체포되었고, 이 사건은 국내외 언론을 통해 즉시 알려졌다.

그리고 인터넷은 태풍이 휘몰아치는 것같이 난장판이 되었다.

* * *

"아니, 어떻게 된 건가?"

"글쎄요? 저도 도무지 영문을 모르겠는데요?"

주혁도 환장할 일이었다.

자신은 알지도 못하는 운동화가 왜 짐 가방 속에 들어 있었는지도 모르겠고, 그 안에 마약이 숨겨져 있었던 것은 더더욱 모를 일이었다.

"내가 알아봤는데 말이야, 누군가가 제보를 했다고 하더라고."

"제보요? 그럼 이거 누가 손을 썼다는 거잖아요."

"그렇긴 한데, 상황이 아주 고약하게 됐어."

유명 스타의 마약 스캔들. 여론은 미친 듯이 끓어오르고 있었다.

자극적인 기사가 넘쳐 났고, 인기를 얻고 미국에 왔다 갔다 하더니 마약이나 하냐는 조롱이 줄지어 댓글로 달렸다.
그리고 여론이 그렇다 보니 당국의 입장도 강경했다.

주혁은 간신히 미스터 K에게 연락을 했다.

—그러니까 누군가의 소행이라는 이야기로군요.

"사정이 좀 급하니 일을 좀 빨리 해줬으면 좋겠어요."

—알겠습니다. 최대한 빨리 알아보도록 하죠.

주혁은 누가 이런 일을 꾸몄을까 생각해 보았다.

하지만 딱히 떠오르는 사람이 없었다.

그리고 아직 조사가 끝나지도 않았는데, 인터넷만 보면 주혁은 완전히 쓰레기 같은 인간이 되어버렸다.

아토 엔터테인먼트에서는 주혁은 마약과는 전혀 상관이 없으며, 조사가 진행되면 모든 것이 밝혀질 것이라는 발표를 했다.

하지만 물어뜯기 좋아하는 사람들은 신이 나서 주혁을 범인이라고 몰아갔다.

"순순히 털어놓으시고 선처를 바라는 게 좋을 겁니다."

"흠… 정말 사실대로 말하면 선처가 되는 겁니까?"

주혁은 계속해서 자백을 추궁하는 검사에게 이야기했다.

검사는 반색하며 증거가 명확하니 길게 끌지 말자고 말했다.

"그 운동화는 제 것이 아닙니다. 사실대로 말했으니 이제

풀려나는 건가요?"

주혁은 무표정한 얼굴로 이야기했고, 검사의 얼굴은 확 달아올랐다.

그는 주혁을 노려보면서 비웃는 표정으로 말했다.

"이봐, 당신 끝났어. 증거가 이렇게 확실한데 빠져나갈 구멍이 없다고. 그러니까 이렇게 잘난 척해봐야 얼마 가지 못해. 그러니까 지금이라도 잘 보이라고."

"사실대로 말하라고 해서 사실대로 말했습니다만? 그러면 이야기를 지어내서 말할까요?"

주혁은 태연한 표정으로 말했고, 검사는 씩씩대다가 밖으로 나갔다. 무조건 자백하라고만 하니 이게 무슨 조사인가 싶었다.

주혁은 미스터 K가 무언가 전기를 마련할 수 있는 단서를 찾기만 하면 일이 곧 해결되리라 생각했다.

하지만 뜻밖에도 미스터 K는 아무것도 찾지 못했다.

—아무래도 미국에서 운동화를 넣은 것 같습니다. 한국에서는 아무런 흔적도 찾을 수 없었습니다.

"그러면 그쪽에서 조사를 해봐야겠군요. 짐은 호텔에서 싸서 공항에 올 때까지는 아무런 이상이 없었으니까 공항에서 누군가가 넣었겠지요. 아! 아니면 비행기에서?"

—이미 미국에 연락해서 조사를 진행 중입니다. 그리고

비행기도 혹시 모르니 제가 알아보도록 하죠.

누군지 몰라도 상당히 공을 들여서 작업을 한 것 같다고 미스터 K는 이야기했다.

정말 일반인이라고 하면 꼼짝 못하고 당할 그런 덫이었다.

그리고 주혁을 힘들게 하는 건 사람들의 반응이었다. 사람들은 주혁이 어떤 이야기를 해도 믿지 않았다. 자신을 믿고 침묵하는 다수가 있다는 사실을 알고는 있었지만, 전혀 도움이 되지 않았다. 침묵하는 다수가 아무리 많으면 뭐하겠는가.

침묵하면서 자신을 믿는 만 명보다 자신을 격렬하게 비난하는 열 명이 훨씬 도드라져 보였다.

그리고 이 사건은 아시아와 미국까지 알려져서 큰 반향을 일으켰다.

주혁은 자신을 싫어하는 사람이 이렇게 많은 줄 처음 알게 되었다.

"너무 걱정하지 말라고. 무조건 잘나가는 사람들 싫어하는 사람들이 있어. 그러니까 신경 쓰지 말라고."

기재원 대표는 주혁을 위로했다. 그리고 지금 백방으로 방법을 알아보고 있다고 했다.

"그리고 이번에 담당 검사가 바뀔 것 같아."

"혹시 대표님이 손을 쓰신 거예요?"

"내가 그럴 만한 힘이 어디 있나. 우연인지 누군가가 돕는 건지는 모르겠는데, 잘된 일이야."

지금 담당 검사는 출세욕에 사로잡혀서 이 사건을 통해서 자신의 이름을 널리 알리는 데만 신경을 쓰고 있었다. 이미 주혁이 범인이라고 단정하고서.

그래서 바사드 투자회사에서 움직여서 검사를 바꾸게 한 거였다.

그동안 꾸준히 인맥을 쌓아온 효과를 이번에 톡톡하게 보는 중이었다.

그래서 편향되지 않고 공정하고 냉철한 성향의 검사가 담당으로 바뀌게 되었다.

그리고 이번 그 검사는 사건을 불구속 수사로 결정했다.

본인이 강하게 부인하고 있다는 점, 그리고 일행인 장백이 운동화는 본 적이 없다고 증언한 점, 운동화에서 주혁의 지문과 같은 증거가 하나도 나오지 않았다는 점, 그리고 기타 증거 등을 종합적으로 고려해서 내린 결정이었다.

"아직 범인이 누구인지 모르는 것이지 주혁 씨가 범인이 아니라는 건 아닙니다."

담당 검사는 차가운 표정으로 이야기했다.

하지만 주혁은 그런 냉철함이 오히려 정겹게 느껴졌다.

그러면서 속으로는 이런 검사는 승진하기 어렵겠다는 생각도 했다.

"사실이 밝혀지겠죠."

"그건 걱정하지 않아도 될 겁니다. 진실이 어떤 것인지는 제가 밝혀낼 테니까요."

주혁은 인사를 나누고는 밖으로 나왔다. 그리고 지금 마주한 검사에 대해 떠올렸다.

'규칙대로 일만 하고 융통성은 많지 않은 사람 같네. 검사로서는 좋겠지만, 사회생활은 어려운 타입. 상사들도 골치 아파 하겠고.'

주혁은 이런 상황에서도 인물을 살피는 자신을 깨닫고는 피식 웃었다.

하지만 언론과 인터넷에서는 난리가 났다. 유명인이라서 특혜를 준 것이 아니냐, 빽을 써서 나왔다. 별소리가 다 떠돌았다.

검찰은 조사 내용을 설명하면서 주혁을 범인이라고 단정하기에는 석연치 않은 점들이 있고, 주혁의 마약 검사도 음성으로 나왔으며, 도주의 우려가 없다는 점을 고려해서 내린 결정이라고 발표했지만, 오히려 욕만 얻어먹었다.

얼마나 먹었냐는 말부터, 한몫 단단히 챙겼으니 인생 폈다는 글까지 돌았다. 떡검이니 비리 검사니 하는 말에다가 검사의 신상까지 털어서 공격하는 사람들까지 있었다.

견딜 수는 있었지만, 정말로 짜증이 났다. 마음 같아서는 다 모아놓고 한판 붙었으면 좋겠다는 생각까지 들었다.

물론 현실에서 일어날 리는 없는 일이었지만.

그리고 자신은 그래도 참을 만했다.

하지만 자신을 옹호하는 사람들 무차별적으로 공격당하는 건 참기 어려웠다.

이번에도 이지언이 가장 먼저 나섰는데, 네티즌의 집중 포화를 맞고 있었다.

하지만 그는 끄떡도 하지 않았다.

이지언은 SNS에 한 줄로 자신의 심정을 표현했다.

—나의 믿음은 바위보다 단단하다.

역시나 멋진 동생이었다.

하지만 자신을 옹호하는 글을 올린 소영이나 수현이 같은 아이들은 불쌍할 정도로 당하고 있었다.

그래서 주혁은 동전을 사용할까 심각하게 고민했다.

자신이야 상관없었지만, 다른 사람들은 무슨 죄란 말인가.

하지만 일단 참으면서 지켜보기로 했다. 진실이 곧 드러나리라 생각했으니까. 그리고 지금 일은 그냥은 절대로 넘어가지 않으리라 다짐했다. 하지만 생각보다 단서는 쉽게 발견되지 않았다.

"비행기에서는 화물칸에 아무도 접근한 적이 없다. 그러면 미국 공항에서 누군가 손을 댔다는 거군요."

—그런 것 같습니다. 그런데 조사하는 데 조금 어려움이 있다고 합니다.

미스터 K는 무슨 일인지 모르겠지만, 공항에서 조사하는 게 이상하게 어렵다고 했다.

그쪽 팀이 전해온 말에 따르면, CCTV도 볼 수 없었다고 했다. 보통은 어찌어찌 하는 방법이 다 있었는데, 굉장히 보안이 삼엄하다는 거였다.

"누군가가 막고 있는 거군요."

—아무래도 그런 것 같습니다.

주혁은 윌리엄 바사드에게 이야기를 할까 하다가 그건 좀 아니라는 생각이 들었다.

윌리엄 바사드가 자신에게 가지고 있는 환상을 깨면 어떤 생각을 할지 모르는 일이다.

그러니 이런 일은 그에게 이야기하지 않는 편이 좋다고 판단했다.

"그러면 이번에 그녀를 써먹어야겠네. 언젠가는 사용할

패였으니까."

주혁은 기퍼트 상원 의원에게 전화를 걸었다.

그녀도 이번 사건을 알고 있었는데, 주혁이 자초지종을 설명하고 누명을 벗기 위해서 도움이 필요하다고 이야기하자 흔쾌히 알았다는 답변을 주었다.

그녀는 주혁이 생각한 것보다 적극적으로 나서서 움직였다. 그녀도 주혁이 좋은 이미지로 남아 있는 편이 자신에게 유리했으니까.

그러자 그렇게 얻기 어려웠던 자료들이 주혁을 위해서 조사하는 사람들의 손에 손쉽게 넘어왔다.

그리고 한국과 미국에서 두 아이의 글이 점점 사람들에게 알려지기 시작했다.

바로 백혈병을 앓고 있는 인수와 미국에서 주혁과 친구가 된 앤드류였다.

인수는 자신은 주혁을 믿는다면서 어서 진실이 밝혀졌으면 좋겠다는 글을 올렸다. 어머니가 대신 올린 글이었는데, 병실에서 환자복을 입은 인수가 힘내라면서 파이팅을 하는 사진이 함께 있었다.

그리고 앤드류도 친구들과 함께 주혁을 응원하는 글을 올렸다. 아이들이 모두 밝게 웃으면서 힘내라는 다양한 포즈를 취하고 있었다.

—친구는 어려울 때 돕는 거랬어요. 나는 내 친구를 믿어요. 나를 욕하는 사람도 있지만, 나는 무섭지 않아요. 나는 이제 강해졌으니까요.

두 아이의 글이 조금씩 알려지면서 여론은 조금씩 잦아들었다.

주혁은 두 아이가 어른들보다 훌륭하다는 생각을 했다. 사람들은 주혁을 믿으면서도 두려웠을 것이다. 자신이 글을 올리면 온갖 악플에 시달릴 것이라는 사실이.

하지만 아이들은 정말 순수했다. 자신이 옳다고 생각한 대로 행동한 거였다. 사실 그런 게 정말 훌륭한 일 아닌가.

주혁은 두 아이의 글을 보면서 가슴이 벅차오르는 걸 느꼈다. 그리고 어떤 비난도 이제는 짜증 나지 않았다.

그런 글을 보면 열이 확 치솟다가도, 아이들의 글을 보면 흐뭇한 미소가 피어났다.

주혁은 자신을 진심으로 믿어주는 아이들을 위해서라도 이번 사건은 반드시 해결하리라 생각했다. 가능한 한 빠르게.

그리고 드디어 결정적인 단서가 포착되었다.

공항의 CCTV 중에서 누락된 부분이 있어서 그것을 이상하게 생각한 조사원들이 여러 곳을 파다 보니, 보안 요원 중 한 명이 그것을 숨기고 있었던 걸 발견한 거였다.

다행스러운 점은 그것을 폐기하지 않았다는 거였는데, 나중에 큰돈이 될 수도 있다는 생각에 가지고 있었다고 했다. 주혁으로서는 천만다행인 일이었다.

"그러니까 거기에 가방에 무언가를 넣는 장면이 찍혔다는 거죠?"

—그렇습니다. 그리고 제가 조사를 하다가 조금 이상한 점을 발견했는데, 스튜어디스 중 한 명의 계좌에 거액에 입금되었더군요.

따로 알아보니 주혁이 마시는 음료수에 액체 마약 성분을 섞으라는 의뢰를 받았다는 거였다.

사실 주혁의 모발에서 마약 성분이 나왔다면, 정말 이미지를 되돌릴 수 없을 뻔했다.

주혁은 알란의 메모가 무엇을 뜻하는지 알고서 감탄했다.

그 스튜어디스는 임무에 실패하고 잔뜩 겁에 질려 있어서 정보를 얻기 쉬웠다고 했다.

안전한 곳에 잠시 피해 있도록 해주자 순순히 아는 걸 모두 불었던 거였다.

"수고했습니다. 이제는 배후를 알아내는 데 주력해 주세요. 이번에 수고한 사람들에게는 충분히 보상하겠습니다."

주혁은 이제 반격을 할 일만 남았다고 생각했다. 도대체 어떤 자들이기에 이런 짓을 했는지는 몰라도 절대로 가만히 두지는 않으리라 다짐했다.

그래도 누명에서 벗어날 수 있다는 생각을 하니 마음은 편했다.

"자. 어떤 녀석들인지 나와라. 다시는 이런 짓을 하지 못하도록 만들어 줄 테니까."

주혁은 스산한 기운을 풍기면서 중얼거렸다.

* * *

제프리와 브라이언은 머리를 쥐어뜯으며 탄식을 내뱉었다.

아니 어떻게 이렇게 운이 없을 수가 있단 말인가.

전작도 주연배우가 특이한 종교에 심취해서 흥행에 막대한 타격을 받았었는데, 이번에도 촬영이 시작되기도 전에 이런 일이 벌어지다니 말이다.

"아무래도 미션 임파서블을 되살리는 건 어렵지 않겠나? 차라리 다른 작품으로 승부를 보는 게……."

"그만! 아직은 아니야. 기다려 보자고."

제프리는 강한 어조로 이야기했다. 그가 이 시리즈에 갖는 애착은 남달랐다. 예전에 TV 시리즈를 보았을 때부터, 반드시 이 작품을 자신의 손으로 만들겠다고 결심했었으니까.

"이보게 제프리. 자네도 잘 알잖아. 한번 이미지가 실추된 스타는 다시 회복하기 어렵다는 거. 그리고 그것이 깨끗한 이미지일수록 더욱 힘들어. 미스터 강은 끝이라고."

제프리도 그걸 모르는 바는 아니었다. 괴짜에 트러블 메이커 이미지를 가지고 있는 스타라면 추문이 있더라도 어떻게든 살아날 수 있다. 하지만 강주혁과 같이 좋은 이미지를 가지고 있던 스타가 이런 사건에 휩쓸리면 치명적이다.

벌써부터 강주혁을 캐스팅하면 안 된다는 이야기가 사방에서 들어오고 있었다. 하지만 너무나도 아까웠다. 주혁은 정말 이 영화에 딱 맞는 이미지였으니까.

고난도의 화려한 액션을 소화할 수 있는 능력에다가 뛰어난 연기력까지 겸비한 배우. 거기다가 동양인이지만 전형적인 동양인의 얼굴이라기보다는 동양과 서양의 매력이 묘하게 섞인 듯한 느낌이 있었다.

그래서 처음 주혁의 외모를 보았을 때, 동양과 서양에서 모두 먹힐 수 있는 그런 배우라고 감탄을 했었고, 눈독을 들였던 자신이 아니던가. 게다가 정의의 기사와 같은 이미

지까지. 그러니 자신의 작품에 그 이상 가는 배우는 없다고 생각했다.

그래서 주혁과 이야기가 잘 진행되었을 때, 이번에는 틀림없이 대박 작품이 나오겠다고 흥분했었다. 그리고 저번 작품의 전철은 절대로 밟지 않겠다고 굳은 각오를 다지면서 작품 준비를 시작했다.

"내가 이 작품을 어떻게 생각하는지 잘 알지 않나. 그리고 아직 조사가 진행 중이야."

"나도 잘 알지. 하지만 잘 생각해 보게. 상황이 너무 좋지 않아."

사실 자신이 처음 맡은 시리즈의 세 번째 작품은 작품 자체로는 괜찮았다. 외적인 요인 때문에 흥행에는 실패했지만, 가능성은 충분히 보여주었다.

그래서 이번에는 반드시 흥행에 성공하겠다고 다짐하면서 강주혁을 캐스팅한 거였다. 강하고 활력이 넘치는 이미지가 작품을 훨씬 매력적으로 만들 거라고 생각하면서.

그리고 주혁을 직접 만나보니 자신이 생각한 것보다 훨씬 매력적이라는 걸 확인할 수 있었다.

"기다리자고. 내가 알아보니까 예전에도 비슷한 적이 있었다더군. 기자를 폭행했다는 사건에 휘말렸는데, 누명이 밝혀지면서 오히려 더 큰 인기를 얻었다는 거야."

"그런 사실이 있었나? 하지만 그거하고는 다를 것 같아. 자신의 가방에서 나온 운동화에서 마약이 나왔는데 어쩌겠나. 내 생각에는 이건 힘들어."

하지만 제프리는 이대로 포기할 수 없었다. 만약 주혁이 이대로 무너진다면 작품은 포기해야겠지만, 일말의 가능성이 아직 살아 있다고 생각했다.

"만약, 만약에 말이야."

제프리는 깍지를 끼면서 이야기했다.

사뭇 진지한 모습에 브라이언도 조용히 그의 말에 귀를 기울였다.

"미스터 강이 무죄인 게 밝혀지고, 누명을 썼다는 게 드러나면 어떻게 될까?"

"그래도 몇 달 지나서 밝혀지면 아무짝에도 소용없을 거야. 하지만 뭐 무죄라는 게 빨리 밝혀진다면……."

거기까지 말하던 브라이언은 순간 소름이 쫙 돋는 게 느껴졌다. 머릿속을 스치고 지나가는 생각이 있었기 때문이었다.

브라이언은 고개를 휙 돌려 제프리를 쳐다보았다.

"그거 이번 작품 설정하고……."

작품의 내용이 확 떠올랐다. 누명을 쓴 주인공이 활약하는 설정이었으니까.

만약 사건이 잘 풀리기만 한다면, 영화 외적인 흥행 요인이 하나 생기는 것이다. 가만히 있어도 사람들이 그 사건을 떠올릴 테니까.

제프리는 여전히 심각한 표정으로 이야기했다.

"잘 풀린다면 그렇겠지. 잘 풀린다면."

그는 입술을 살짝 깨물다가 시선을 브라이언에게 돌리면서 이야기했다.

"자네는 미스터 강을 어떻게 생각하나?"

"자네 이야기는 마약을 밀수할 그런 사람으로 생각하느냐는 거겠지?"

제프리는 가볍게 고개를 끄덕였다.

"내 대답이 뭔지도 알 것 같은데? 당연한 내 대답은 아니라는 거야."

"그렇지? 자네도 그런 사람으로 보이지는 않았지?"

브라이언은 슬며시 웃었다.

사실 강주혁을 몇 번이나 보았다고 그 사람에 대해서 알 수 있겠는가. 수십 년을 같이 살아도 모를 수 있는 게 사람인데 말이다.

지금 제프리가 이렇게 말하는 건 그저 일이 다 잘 풀리기를 바라는 생각에서일 것이다.

물론 마약 같은 것과는 거리가 멀 것 같은 사람으로 보였지만, 그거야 알 수 없는 일이다. 보기에는 멀쩡해 보이는 사람이 상상하지도 못한 짓을 하는 경우도 허다했으니까.

하지만 브라이언은 주혁이 그런 일과는 거리가 먼 사람이라는 생각을 가지고 있었다.

얼굴에는 인격이 나타나지 않을 수도 있지만, 눈에는 그 사람의 인격이 담겨 있다고 믿어서였다.

그가 본 주혁의 눈빛은 어떤 사람보다도 맑고 투명했다.

"하지만 확률이 너무 낮아. 상황이 극적으로 바뀌는 건 쉽지 않을 거야."

"그렇긴 하겠지. 하지만 그렇게만 된다면……."

둘은 말을 하지 않았지만, 만약 그렇게만 된다면 정말 대박이라는 생각을 하고 있었다.

그리고 주혁이라는 인물이라면 그런 행운을 가져다줄 수도 있다는 생각도 들었다.

사건이 터지고 그에게 실망하는 사람도 많았지만, 실제로 그가 누명을 썼다고 생각하는 사람도 많았다. 그는 총을 든 괴한에게서 아이들을 구한 영웅이었으니까.

"일단 지켜보자고. 지금 성급하게 판단을 할 건 없어."

"그러지. 하지만 만약의 경우도 생각해야 해. 항상 행운만 있을 수는 없으니까."

제프리는 알았다고 하면서도 여전히 긍정적으로 생각하

고 있었다. 어떤 이유에서인지는 모르겠지만, 일이 그렇게 흘러갈 것 같다는 생각이 들어서였다.

* * *

외국에서는 갑론을박이 이어지고 있었지만, 한국에서만 유독 여론이 좋지 못했다.

사실 주혁을 믿고 응원하는 사람들이 더 많을 것이다. 하지만 그들은 대부분 침묵하고 있었고, 강한 어조로 공격하는 사람들만 많으니 세상이 모두 주혁을 비난하는 것처럼 보였다.

언론도 대부분 여론에 동조했다.

사실 뚜렷한 주관을 가지고 언론으로서의 본분을 다하는 언론사가 많지는 않았다.

하지만 모두가 그런 건 아니었다. 냉정하게 이 사건을 바라보고 기사화하는 곳도 있었다.

사실이 밝혀지지 않았는데, 무조건 비난하는 건 옳지 않다는 기사들이 그런 종류였다.

그리고 더 나아가서 지금 네티즌의 행태를 잘못되었다고 지적하는 곳도 있었다.

하지만 무조건 비난만 하는 사람들의 특징 중 하나가 증거나 다른 사람들의 말은 듣지 않는다는 거였다. 자기 생각만 있을 뿐, 어떤 이야기도 듣지 않고 오로지 비난만 했다.

"무죄라는 증거가 나와도 조작이라고 이야기할 거라니까요. 비판을 하는 게 아니라 그냥 자기 불만을 해소하는 거예요. 자기가 정의의 용사가 되었다고 착각하면서 말이죠."

"그래도 애들한테까지 이러는 건 좀 심해."

기재원 대표는 눈살을 찌푸리며 말했다.

그건 주혁도 전적으로 공감하고 있었다. 자신과 같은 성인에게 악성 댓글을 다는 건 그래도 봐줄 수 있었다. 하지만 아직 어린아이들에게까지 무차별 테러를 하는 건 절대로 용서할 수 없는 일이었다.

"그렇지 않아도 인수 부모님하고는 이야기를 마쳤어요. 이번에 확실하게 본때를 보여주기로 말이죠."

주혁은 자신과 주변 사람들에게 무차별 테러를 가하는 사람들에 대해서 이미 증거 확보를 시작했다. 이런 일이 일어나도 자꾸만 그냥 넘어가니까 계속해서 반복된다는 생각을 해서였다. 그래서 이번에는 경각심을 일깨우고 앞으로는 바뀌어야 한다고 생각했다.

"그나저나 증거가 빨리 나와야 할 텐데……."

기재원 대표는 한숨을 푹 내쉬었다. 한국에서 마약을 밀수했다는 건 중대한 범죄였다. 마약에 연루되었다는 사실만으로 연예인 생활이 끝장날 수도 있는 그런 심각한 일인 것이다. 일전에 있었던 폭행 사건과는 비교할 수도 없을 정도로 심각한 사건.

그래서 기재원 대표는 피가 마르는 기분이었다. 주혁이 무죄라는 걸 누구보다도 잘 알기에 더욱 그랬다. 본인이 하지도 않은 일에 누명을 쓰고 그리된다면 얼마나 안타까운 일이겠는가.

하지만 오히려 주혁이 그런 기재원 대표를 위로했다.

"잘 풀릴 테니까 걱정하지 마세요."

"그랬으면 오죽 좋겠나."

힘없이 말하기는 했지만, 기재원 대표는 주혁의 당당한 표정에서 기운을 얻었다.

주혁은 당분간은 언론에 원론적인 이야기를 제외하고는 아무런 발표도 하지 않기로 방침을 정하고는 집으로 돌아왔다.

주혁은 변장을 하고 다녔는데, 운이 좋아서인지 아직까지는 기자들에게 걸린 적이 없었다.

집에도 기자들이 진을 치고 있어서 주혁은 당분간 집에는 들어가지 않을 생각이었다.

—일단 연결 고리는 밝혀졌습니다. 삼합회하고 연결이

되어 있더군요.

"삼합회요?"

주혁은 고개를 갸웃거렸다. 삼합회와는 척을 진 일이 없었기 때문이었다.

"혹시 무슨 이유에서 그런지도 알아냈습니까?"

—아직 그것까지는 모릅니다. 조금 더 조사를 해봐야겠지만, 아마도 의뢰를 받았을 가능성이 높습니다.

주혁은 그 이야기를 듣자마자 MH 그룹이 떠올랐다. 왜 그런지는 모르는 일이다. 실제로 그곳과는 연관이 없을 수도 있었다.

하지만 그 말을 듣자마자 떠오른 것은 MH 그룹과 조창욱이었다.

그리고 가만히 생각해 보면, 그것이 가장 가능성이 있어 보였다.

적어도 삼합회에 의뢰를 할 정도라면 평범한 재력과 신분은 아닐 것이다.

그런 사람들 중에서 자신과 악연이 있는 사람은 조창욱 정도였다.

—그리고 조금 흥미로운 일이 있습니다.

"어떤 건가요?"

—조창현이라고 아실 겁니다.

왜 모르겠는가. 자다가도 그 이름을 들으면 이가 갈리는 놈이었는데. 부모님과 여동생의 보험금을 훔쳐서 달아난 놈이 아닌가. 절대로 용서할 수 없는 놈이다. 그래서 단순하게 복수를 할 생각은 없었다. 뼈에 사무치는 고통을 두고두고 안겨줄 생각이었다.

―삼합회 사람들과 조창현이 같이 있습니다. 아마도 이번 일에 관여를 한 것 같습니다.

"그래요? 그거 잘되었군요. 안 그래도 이제는 슬슬 때가 되었다고 생각하고 있었는데, 스스로 지옥에 발을 담그다니."

주혁의 몸에서 차갑고 스산한 기운이 풍겨 나왔다.

"그들이 도망치지는 못하겠죠?"

―이미 사람이 붙어 있습니다. 외국으로 나갈 기미가 보이면 바로 손을 쓰겠습니다.

잡을 수만 있다면, 주혁이 기억을 보면 된다. 이런 자들에게는 거리낌 없이 얼마든지 능력을 사용할 수 있다.

"그러면 일단 정보를 검찰로 보내야겠습니다."

―너무 급한 거 아닐까요? 배후까지 조사를 한 이후에 보내도 늦지 않을 텐데요.

주혁도 그게 더 좋을 수도 있다는 걸 안다. 충분히 여론이 나빠지는 걸 기다렸다가 충분히 준비를 해서 극적으로 전환하게 되면 자신에게는 더 이득이다. 하지만 그 시간 동안 지인들이 힘들어하는 걸 볼 수가 없었다.

특히나 인수나 앤드류 같은 아이들이 상처받는 건 자신이 바라는 게 아니었다. 그래서 지금까지 모은 자료를 검찰에 넘기라고 이야기했다.

그리고 주혁은 바사드 투자회사에서 제공한 집으로 향했다. 가서 변장을 지우고 수련도 하기 위해서였다. 어차피 외부 활동을 거의 할 수 없는 상황이니 남는 시간은 모두 수련에 할애하고 있었다.

"그나저나 살벌한 결혼식은 도대체 어떤 걸 말하는 거지?"

두 단어는 같이 붙어 있기 어려운 단어였다. 그래서 혹시 어떤 장소나 다른 걸 의미하는 건 아닐까 하는 생각도 해보았다. 하지만 지금은 알 수 없는 일. 주혁은 집에 도착해서는 곧바로 변장을 지우고는 수련을 시작했다.

그리고 미스터 K는 정리된 자료를 검사에게 전달했다. 물론 익명으로.

―수사에 도움이 되실 겁니다.

"여보세요. 여보세요."

검사는 끊어진 전화에 대고서 다급하게 소리쳤다. 물어볼 게 한두 가지가 아니었는데, 아쉽다는 생각에서 그런 거였다. 사실 미국 공항의 CCTV 자료와 같은 건 일반인이 접근해서 구할 수 있는 그런 자료가 아니었다.

그래서 진위 여부를 파악하기 위해서 대화를 조금 더 하고 싶었는데, 상대는 할 말만 하고는 전화를 끊어버렸다. 사실 이런 전화 중에는 장난 전화도 제법 된다. 변조된 목소리로 전화를 한 것도 의심스러운 부분이었다.

그래서 자료를 받기 전까지는 믿을 수 없는 일이다. 하지만 자료를 받아보고서는 검사는 입이 떡 벌어졌다. 정보원이 누군지는 모르겠지만, 데리고 일했으면 좋겠다는 생각이 들어서였다. 완벽하게 정리가 되어 있었다.

"강주혁이 무죄라는 건 의심할 여지가 없군."

자료는 그 부분에 상당히 공을 들였다. 검사는 강주혁을 돕기 위해서 어떤 힘이 움직이고 있는 걸 느꼈다. 이 자료는 범인을 잡으라고 준 게 아니라 강주혁이 무죄라는 걸 밝히라고 줬다는 느낌이 들었다.

"그나저나 삼합회라. 이거 문제가 조금 심각해질 수도 있겠는데?"

말은 그렇게 했지만, 검사의 눈은 의욕으로 불타오르고 있었다.

사건은 점차 처음과는 다른 방향으로 진행되려 하고 있었다.

*　　*　　*

"한 명만 체포가 되게 한다?"

—그렇습니다. 어차피 사건의 전모가 밝혀져야 하니까 누군가는 잡혀야겠죠.

미스터 K는 여러 가지를 신경 써서 계획을 세웠다. 그중에서 가장 신경을 쓴 부분은 삼합회와의 관계였다. 어설프게 대응했다가는 보복을 하겠다고 나올 것이고, 그랬다가는 여러모로 골치가 아플 수 있다.

—삼합회는 하나의 조직처럼 불리기는 하지만 굉장히 여러 조직이 있습니다.

주혁의 사건을 주도한 조직은 삼합회 내에서도 상당히 과격한 조직이라고 했다.

이런 조직일수록 깔끔하게 일을 해결하지 않으면 들러붙게 마련이다.

그래서 원만하게 타협을 하든가, 확실하게 경고를 하든가 해야 한다.

미스터 K는 두 가지 모두 가능하니 주혁에게 선택하라고 이야기했다.

주혁의 대답은 정해져 있었다.

"그런 자들과 타협을 할 생각은 없습니다. 절대로 건드리면 안 된다는 걸 보여주세요."

—그러실 줄 알았습니다. 그 문제는 제가 알아서 처리하죠. 그런데 제 방식에 바사드 투자회사의 도움이 더해지면 더욱 효과적일 것 같습니다.

그는 윌리엄 바사드가 화교 자본과 이번에 손을 잡았으니 그쪽 라인을 통해서 압력을 넣으면 좀 더 효과적일 것이라고 했다. 주혁은 그 문제는 자신이 연락하겠다고 말했다.

"잡게 되면 내가 한번 봤으면 좋겠군요."

—이미 잡은 것이나 다름없습니다. 이야기만 하시면 오늘이라도 보실 수 있을 겁니다.

주혁은 검찰의 움직임은 어떤지를 물었다.

검찰에서는 아직 공식적인 발표는 하지 않았다. 범인들을 일망타진하기 위해서 일부러 발표를 늦추고 있는 거였다.

—며칠 걸릴 것 같습니다. 원래 그쪽 움직이는 게 그렇게 빠르지는 않으니까요.

주혁은 답답했다. 범인들에 대한 위치까지 정보를 넘겼는데, 움직이는 게 너무 늦다는 생각이 들어서였다. 그래서 결심했다.

"우리가 먼저 움직이죠. 제압하고 한 명만 검찰로 보내는 걸로 합시다."

—알겠습니다. 그럼 지금 바로 움직이고 확보하는 대로 연락드리겠습니다.

주혁은 통화를 마치고 눈을 부릅떴다.

드디어 조창현, 아니 지재우를 만날 수 있다는 생각을 하니 저절로 주먹이 꽉 쥐어졌다.

만나면 도대체 무슨 생각을 가지고 그런 짓을 했는지 확인해 볼 생각이었다.

주혁은 흥분된 마음을 가라앉히고 수련에 집중했다.

다른 때보다 목표가 명확해서인지 집중이 잘되었다.

그래서 시간이 가는 것도 잊은 채 수련을 했다.

주혁이 수련을 멈춘 건 요란하게 울리는 전화벨 소리를 듣고서였다.

핸드폰을 보니 벌써 반나절 정도의 시간이 지나 있었다.

전화는 그가 기다리고 있던 내용이었다.

그들을 확보했다는 내용.

주혁은 즉시 차를 몰고 미스터 K의 체육관으로 향했다.

"한 명만 남겨두었습니다. 검찰에 연락을 하니 급하게 와서는 데려가더군요."

조창현을 비롯한 삼합회 일당은 모두 눈과 입을 가린 채 안에 묶여 있었다.

주혁은 혼자 안에 들어갔다가 나올 테니, 잠시 자리를 비켜달라고 이야기했다.

주혁은 혼자 안으로 들어갔고, 문소리와 발소리가 들리자 묶여 있는 자들에게서 반응이 있었다.

하지만 주혁은 아무런 말도 하지 않았다. 굳이 말을 섞을 이유가 없었으니까.

시간이 많이 지났지만 주혁은 조창현, 아니 지재우를 대번에 알아보았다. 그리고 그를 보자마자 가슴 깊은 곳에서 뜨거운 분노가 부글부글 치밀어 올랐다. 당장에라도 주먹을 날리고 발로 짓밟아 버리고 싶었다.

'일단 기억부터 확인하고 처분은 그다음에 하자.'

주혁은 심호흡을 하고는 곧바로 능력을 사용했다.

시간이 멈추고 주혁의 눈에서 빛이 나오더니 지재우의 머리를 감쌌다.

주혁의 눈앞에는 지재우의 기억이 쭉 펼쳐져 있었다.

그는 기억 중에서 자신과 관련된 내용만 찾았다.

꾸준히 수련을 해서 숙련된 탓인지 예전보다 확실히 기억을 찾는 게 손쉽다고 느껴졌다.

주혁은 지재우의 기억을 하나씩 확인했다.

그리고 더욱더 분노했다. 주혁에게 처음부터 돈을 노리

고 접근했다는 걸 알게 되었으니까.

그런 줄도 모르고 어려운 시기에 잘해주었다고 일말의 감정을 가지고 있었던 자신이 바보 같다는 생각을 했다.

그리고 기억을 뒤지면 뒤질수록 분노는 더욱 커졌다.

죄책감 같은 게 아예 없었다.

'이놈은 인간도 아니야. 어떻게 조금의 죄책감도 없을 수가 있지?'

죄책감이라는 감정 자체가 없는 인간인 듯했다. 그리고 자신의 행동을 당연한 거라고 생각하고 있었다.

주혁은 결심했다.

이런 자는 살려두어도 사회에 해만 끼칠 그런 인간이었다.

그래서 가장 잔인한 형벌을 내릴 생각이었다.

주혁은 삼합회 일당의 기억도 더듬었다. 살인과 각종 범죄를 당연한 일처럼 해온 자들이었다.

역시나 살아 있을 가치가 없는 자들.

그리고 누구에게서 지시를 받았는지도 확인했다.

주혁은 기억을 모두 확인하고는 밖으로 나왔다.

"어떻게 처리할 생각입니까?"

"그런 건 그냥 저에게 맡기시지요. 이쪽 계통에서 사용하는 방법이 따로 있습니다."

주혁은 알아서 처리하라고 이야기하고는 지재우의 처리 방법에 관해서 이야기했다.

"지재우는 조금 다르게 처리했으면 합니다."

"어떤 걸 원하시는지."

"혹시 그를 배신자라고 삼합회에서 알도록 할 수 있을까요?"

미스터 K는 잠시 생각하다가 가능하다고 대답했다.

어차피 그쪽 조직에서도 일이 이렇게 되었으니 무언가 핑계가 있는 편이 좋을 것이다. 그냥 일에 실패했다고 하는 것보다는 지재우가 배신해서 일을 망쳤다고 하는 편이 명분이 설 것이다.

가끔은 진실이 무엇이냐는 별로 중요하지 않을 때도 있다.

아마도 지재우가 배신자라는 정보를 주면, 삼합회는 지재우를 죽어라 뒤쫓을 것이다. 그것이 사실이든 아니든 간에.

"그리고 지재우가 적당히 도망 다닐 수 있도록 할 수 있겠습니까?"

"예? 그가 도망 다닐 수 있도록 돕는다고요?"

뜻밖의 말이라고 생각했는지, 미스터 K의 목소리가 조금 커졌다. 하지만 이내 주혁이 어떤 생각을 하는 것인지 알 수 있었다. 살아도 산 것 같지 않게 고통을 받기 원하는 거였다.

삼합회도 잔인하기로는 세상의 어떤 조직 못지않다. 지재우는 그걸 가장 잘 아는 자이다. 같이 일을 해봤으니까. 주혁이 그의 기억을 더듬었을 때, 그가 가장 두려워하는 것이 삼합회였다. 그래서 이런 생각을 해낸 거였다.

앞으로 지재우는 잠시도 마음을 놓지 못하고 살아가게 될 것이다. 항상 어디에선가 삼합회가 나타나서 자신을 잡아갈 거라는 생각을 하면서. 잠도 제대로 자지 못하고, 밥도 제대로 먹기 어려울 것이다.

그리고 주혁은 처리해야 할 문제가 하나 더 있었다. 삼합회 일당은 처리를 맡기면 되는 거였지만, 그 뒤에 있는 의뢰인이 문제였다.

주혁은 그것이 조창욱이라는 사실을 알아냈다. 삼합회도 진짜 의뢰인이 누구라는 것 정도는 파악하고 있었던 것이다.

"조창욱에 대해 조사를 해주었으면 좋겠습니다."

"백작가의 장남을요? 어느 정도까지 조사를 하면 되는 건지요."

"완벽하게 파멸시킬 생각입니다."

미스터 K는 조금 놀란 표정이었다. 지금까지는 당연히

제거해야 할 그런 자들만 처리했는데, 조창욱은 적어도 그런 자들과는 달라 보였으니까.

"이자들에게 의뢰를 한 사람이 바로 조창욱입니다."

게다가 이런 일을 한 것이 처음도 아니었다.

삼합회가 알아낸 정보에는 이런 일이 여러 차례 더 있었다. 돈과 권력을 이용해서 그런 일을 한 자 역시 가만히 둘 수 없는 자였다.

그리고 그대로 둔다면 계속해서 주혁의 목숨을 노릴 터.

그러니 확실하게 끝장을 내겠다고 결심한 거였다.

이야기를 들은 미스터 K도 이해했다. 그런 자라면 주혁의 행동은 당연하다고 여겼다.

"그러면 가족을 포함한 주변 사람들도 조사를 해야 할 테고… 혹시 MH 그룹도 무너뜨릴 생각이신지요?"

"흐음… 그건 좀 아닌 것 같네요."

주혁은 주변인들에 대한 조사야 해야겠지만, 그룹은 별개라고 생각했다. 잘못 건드렸다가는 일하고 있던 선량한 사람들에게 피해가 갈 수도 있었으니까.

그러니 가능하면 파멸은 창욱 개인에게 국한되기를 바랐다.

"그러면 시간이 조금 걸리겠군요."

"시간이 오래 걸려도 상관없으니 확실하게 조사를 해주

세요."

주혁은 단호하게 이야기했다. 이제는 창욱과의 악연을 끝낼 때가 되었다고 결심한 것이다.

*　*　*

주혁을 비난하던 분위기는 언제 그랬냐는 듯 사라졌다.

사람들은 주혁이 무죄라는 증거가 밝혀지자 일제히 그럴 줄 알았다는 글을 쏟아냈다.

국내외 여론은 일제히 뒤바뀌었고, 주혁의 일관된 이야기를 믿지 않았던 것을 반성해야 한다는 말이 나왔다.

아직도 정신을 차리지 못하고 증거를 조작했다고 주장하는 골빈 자들도 있었지만, 사람들에게 비웃음만 받았다. 사람들은 이번 사건이 그렇게 마무리될 것이라고 생각했다. 하지만 그렇지 않았다.

주혁이 심각한 악플을 단 사람들을 모두 고소했던 것이다.

그리고 인수의 부모님과 이지언을 포함해서 악플에 시달렸던 사람들도 모두 동참했다.

고소를 당한 사람의 숫자만 천 명이 넘어가는 어마어마한 사건이었다.

주혁은 절대로 고소를 취하하지 않겠다고 공언했다. 그리고 실형을 원하지는 않지만, 반드시 자신이 한 행위에 대해서 반성을 하고 사회봉사를 통해 속죄하기를 원한다고 밝혔다.

"적당히 하다가 취하하는 게 어떤가?"

"다른 분들이야 각자 판단에 따라서 하겠지만, 저는 절대로 취하하지 않을 겁니다."

주혁은 강한 어조로 말했다. 자꾸만 취하를 해주니까 계속해서 이런 일이 벌어지는 것이라면서. 그러니 이번 기회에 잘못된 건 바로잡겠다고 확실하게 이야기했다.

"다들 그러고 싶겠지. 하지만 연예인은 이미지로 먹고사는 사람들이야. 그래서 결국에는 취하를 하는 것이고."

"알죠. 그러니까 그렇지 않은 사람도 있다는 걸 알려줘야죠."

분명히 자신의 행동이 과하다고 생각하는 사람도 있을 것이다. 하지만 그것보다는 잘못된 것을 바로잡는 것이 더 중요하다고 생각했다.

기재원 대표는 못 말리겠다는 듯 고개를 흔들었다. 하지만 주혁이 한 일이 옳다는 건 공감하고 있었다.

"하기야 자네가 돈에 연연하는 캐릭터는 아니지."

돈에 구애받는 사람이었다면, 지금까지의 행보를 보이지

도 않았을 것이다.

배우의 CF 단가는 가장 최근 작품의 흥행 여부에 따라 결정된다.

그래서 배우들은 작품 선정에 아주 신중하다.

주혁과 같이 마음에 드는 작품이라고 악역도 마다하지 않고 뛰어드는 경우는 많지 않다.

기재원 대표는 그것이 주혁의 매력이라고 생각했다. 자신도 그래서 이 젊은이에게 반한 것이 아니었던가.

그리고 사람들도 주혁의 이런 면을 좋아한다고 생각했다. 따뜻하고 자상했지만, 결단력 있고 거침없는 매력덩어리. 누가 싫어할 수 있겠는가.

"참, 미국에서도 연락이 왔는데 조만간 한국에 온다고 하더라고. 이번에 사건이 잘 해결되었다면서 아주 좋아하던데?"

"그쪽 입장에서야 당연하겠죠. 주연배우가 날아갈 뻔했으니까요. 아무튼, 저도 이번 작품은 기대가 많이 되네요."

제프리와 브리이언은 사건이 해결되길 기다리고 있었다는 듯 한국으로 가겠다는 뜻을 밝혀왔다.

그는 기재원 대표가 생각하고 있는 것보다 훨씬 더 흥분한 상태였다. 안 그래도 높았던 주혁의 이미지가 이번 사건을 통해서 더 높아졌으니까.

주혁도 집으로 돌아오면서 빨리 계약을 하고 작품에 집중하고 싶다는 생각을 했다. 어차피 상자의 주인은 당분간은 피해야 하는 상황. 살벌한 결혼식이 뭔지는 모르겠지만, 그걸 통해서 새로운 능력을 얻은 후에야 상자의 주인을 상대할 수 있다고 했으니까.

그리고 지금까지는 계속해서 작품을 하면서 지내왔는데, 조금 오래 쉬는 것 같아서 좀이 쑤시는 느낌이 들기도 했다. 그래서 빨리 카메라 앞에 섰으면 좋겠다는 생각이 들었던 거였다.

"뭐, 며칠 안으로 온다고 했으니까."

제프리와 브리이언은 갑자기 일정을 잡아야 하는 터라 시간이 조금 필요한 모양이었다.

주혁은 그렇게 중얼거리면서 집으로 돌아왔는데, 뜻밖의 사람으로부터 전화가 왔다.

"리리아 카르타?"

자신이 구해준 여자. 주혁은 무슨 일인지 궁금해하면서 전화를 받았다.

"하이 리리아. 어쩐 일이에요?"

—촬영 일정이 결정되어서 연락했어요.

리리아 카르타는 촬영장에 한번 온다고 하지 않았느냐면서 웃었다.

주혁은 병원에서 그녀와 나눈 이야기가 생각났다.

리리아 카르타가 이야기한 날까지 시간은 아직 좀 남아 있었다.

'계약을 하고 곧바로 촬영에 들어가지는 않을 테니까 시간은 될 것 같은데.'

주혁은 가능하면 한번 보러 가야겠다고 생각하고는 질문을 던졌다.

"어디서 촬영을 해요?"

—몰타예요.

주혁은 고개를 갸웃거렸다.

언뜻 들어본 적은 있었지만, 어디에 있는지는 알지 못하는 곳이었다.

리리아 카르타는 몰타가 지중해에 있다고 말했는데, 그렇게 말해도 모르기는 마찬가지였다. 지중해를 언제 가본 적이 있어야 알 것 아닌가.

"덕분에 지중해 구경도 하겠네요."

—몰타는 유명한 휴양지이기도 하니까 분명히 좋아할 거예요.

리리아 카르타는 제작진이나 배우들도 주혁을 무척 만나고 싶어 한다고 하는 말을 했고, 주혁은 흐뭇한 미소를 지었다. 배우로서 얼마나 기분 좋은 일이던가.

"일정 잡아서 연락할게요."

—그래요. 연락 기다릴게요.

주혁은 통화를 마치고 소파에 편안하게 누웠다. 그리고 이제야 모든 것이 다시 정상으로 되돌아왔다고 느꼈다. 아직 처리해야 할 일이 남기는 했지만, 그것도 오래지 않아서 마무리가 될 것이라고 생각하면서.

* * *

준비하던 계획이 틀어져서 창욱은 부쩍 조심하고 있었다. 혹시라도 자신이 관련됐다는 사실이 밝혀지기라도 한다면 정말 큰일이 나는 것이니까. 이제 겨우 백작가를 손에 넣었는데 그런 일이 있어서야 되겠는가.

물론 그럴 가능성은 거의 없다고 생각하고 있었다. 자신은 한 번도 모습을 보인 적도, 목소리를 들려준 적도 없었으니까.

하지만 그래도 지금은 무조건 조심해야 할 때였다. 다행스럽게도 검찰은 삼합회의 소행이라고만 생각하고 있는 듯했다.

"그러니까 아직 특별히 진척된 건 없다는 말이군."

—그렇습니다. 잡힌 범인은 계속해서 지시받은 대로 움

직였다고만 이야기하고 있습니다.

창욱은 검찰 쪽의 정보를 알아 온 심복에게 이야기를 듣고는 한숨 돌렸다고 생각했다.

불똥이 자신에게 튀지만 않으면 아무런 문제도 없는 것이니까.

—수사를 확대하기는 쉽지 않을 겁니다. 뚜렷한 증거가 없으니까요.

"그러면 어떻게 마무리가 될 것 같나?"

—특별한 증거가 나오지 않는 이상 흐지부지 마무리될 것 같습니다.

그래서 담당 검사는 골머리를 앓고 있었다.

분명히 이유가 있을 텐데, 그걸 도무지 알 수 없었기 때문이었다.

검사는 누군가가 원한이 있는 자가 의뢰를 했을 확률이 높다고 보았지만, 증거가 없으니 단정할 수는 없는 일이었다.

창욱은 나머지 사람들이 어디로 사라졌는지 백방으로 알아보았지만, 아무런 단서도 찾을 수 없었다.

검찰도 나머지 인력은 밀항해서 중국으로 빠져나갔다고 보고 있었다.

하지만 그건 아니라는 걸 창욱은 알고 있었다.

사건이 잘 풀리지 않아서 밀항을 할 수도 있다. 세상일이 어디 예상한 대로만 흘러가던가.

하지만 이렇게 연락이 닿지 않는 건 무슨 문제가 있다는 말이었다.

그래서 불안한 거였다.

검찰은 문제가 아니었는데, 알 수 없는 누군가가 개입했다는 의심이 들었으니까.

“그나마 다행인 건 로저 페이튼 회장으로부터 연락이 없다는 정도인가?”

문제 삼으려면 얼마든지 문제 삼을 수 있는 상황이었다. 주혁을 제거하겠다는 날짜도 지났고, 그나마 실패를 했으니까.

하지만 지금까지는 아무런 반응도 보이지 않았다. 평소 같으면 곧바로 연락이 왔을 텐데 말이다.

그런데 로저 페이튼도 지금 MH 그룹에는 신경을 쓸 겨를이 없었다.

그도 창욱과 마찬가지로 자신이 창욱에게 암살을 사주했다는 사실은 절대로 알려져서는 안 될 일이었다. 보스가 그 사실을 알았다가는 난리가 날 테니까.

로저 페이튼은 최근 들어 보스가 무언가를 눈치챈 것 같은 느낌이 들었다. 평소와는 다르게 자꾸만 자신을 시험한다는 생각이 들어서였다. 그러니 지금은 그 역시 조심조심 움직일 수밖에 없었다.

그래서 당분간은 지금 하고 있는 사업에만 신경 쓰면서 눈치를 볼 생각이었다.

그러면서 보스가 도대체 왜 평소와는 다른 행동을 보이는지 알아볼 참이었다.

하지만 보스의 행동이 이상한 건 로저 페이튼 때문이 아니었다. 아버지로부터 편지를 받았기 때문이었다.

"도대체 무슨 말이지?"

이상한 기계음과 같은 목소리로 보스는 중얼거렸다. 도무지 알 수 없는 말이 적혀 있었기 때문이었다.

물론 최근에 쓰인 건 아니었다.

정확한 날짜는 알 수 없었지만, 전달한 노파는 1940년대라고 기억하고 있었다.

편지를 전달한 건 호텔의 주인이었던 노파였는데, 그녀가 아버지로부터 이 편지를 받았을 때는 자신은 햄튼에 있지도 않았다.

하지만 역시나 아버지의 능력은 놀라웠다. 정확하게 미래를 보고 있었다.

이 주소에 자신이 살게 되리라는 사실도, 그리고 전에 편지를 다른 사람에게 전달했다는 사실도 알게 되었다.

편지의 앞부분은 아버지가 늘 하던 소리였다.

그만 욕심을 버리고 평범하고 행복한 삶을 살아가라는 이야기.

하지만 자신은 그럴 생각이 없었다. 그럴 생각이었다면, 애초에 지금과 같은 삶을 선택하지도 않았을 것이다.

그리고 중간 부분에는 의미심장한 이야기가 적혀 있었다.

주변에 있는 사람 때문에 결국 뜻을 이루지 못할 거라는 말이었다.

전혀 예상치도 못한 아버지의 편지라서 놀랐는데, 이런 이야기를 왜 자신에게 남겼는지도 이해가 되지 않았다.

자신이 하는 일을 막으려고 한 아버지였으니까.

하지만 아버지가 자신을 사랑했다는 사실도 보스는 알고 있었다.

"누가 나를 노린다는 말인가?"

두 가지 중 하나라고 생각했다.

하나는 자신과 심복들의 사이를 좋지 않게 만들어서 자신이 하려는 일을 방해하는 것.

다른 하나는 심복 중 하나가 자신의 목숨을 노리고 있으니 조심하라고 경고한 것이던가.

어떤 것이든 아버지인 알란이라면 그렇게 했을 것이라

생각했다. 아버지는 자신을 막으려고 했지만, 위험에 빠지는 건 원하지 않았으니까.

그래서 일단 자신의 주변에 있는 사람들을 살펴보았다. 조심해서 손해 보는 일은 없을 테니까.

하지만 별다른 징조는 보이지 않았다.

게다가 편지의 뒷부분이 문제였다. 뜻을 알 수 없는 숫자와 기호, 알파벳이 나열되어 있었던 것이다.

"암호인가?"

하지만 왜 굳이 이 부분만 암호로 적혀 있는지도 알 수 없는 일이었다.

아버지가 본 것은 무엇인지, 그리고 도대체 자신을 막기 위해서 무엇을 했는지 모르니 답답하기만 했다.

"그리고 다른 편지를 50대 정도로 보이는 동양인에게 주었다고 했지?"

알아보니 자선 파티에 참석했던 중국계 인물로 왕이라는 투자자였다. 그는 윌리엄 바사드가 이번에 손을 잡은 화교 자본의 인물 중 하나였고, 지금 LA에 머물고 있었다.

실제로는 주혁이 그로 분장한 것이었지만, 보스는 그 사실은 알지 못했다.

그저 아버지가 상당 기간 머물렀던 곳이 중국이어서 그것과 무슨 관계가 있는 것이 아닌지 의심할 뿐이었었다.

지금 주혁만 해도 골치가 아픈데 여러 변수까지 생기니 보스는 정말 미쳐 버릴 지경이었다.

그리고 편지를 전한 더 아메리칸 호텔의 노파는 오랜만에 꿈을 꾸었다.

그녀는 아주 오래전 기억을 볼 수 있었다. 아직 자신이 젊고 싱그러웠던 시절의 기억을.

꿈에서 그녀는 알란을 만났다.

알란은 정말 매력적이고 멋진 남자였다. 중후하면서도 기품이 있었고, 무엇보다 자상했다.

그가 자신에게 선물을 주었을 때, 얼마나 기뻤던가.

하지만 그는 알 수 없는 말을 남겼다.

"부탁이 있는데 들어줄 거죠?"

"그럼요, 알란."

"이 보석함은 부탁을 들어주는 대신 주는 선물이에요."

알란은 부드러운 미소를 지으면서 보석함을 자신에게 주었다.

그리고 그 안에는 편지가 두 개 들어 있었다.

"2010년에 이 편지를 찾으러 오는 사람이 있을 거예요."

그때는 2010년이 오리라는 것을 상상도 하지 못할 때였다.

만약 다른 사람이 그런 이야기를 했다면, 그녀는 미친놈이라고 했을 것이다.

하지만 그녀는 지금 그저 알란과 이야기를 한다는 것 자체가 좋았다.

그래서 그가 하는 이야기라면 무엇이든 상관없었다.

알란은 봉투에 2010이라고 적힌 편지를 보여주면서 이야기했고, 이상한 주소가 적혀 있지 않은 편지를 주면서 다른 말을 했다.

"누군가가 편지를 찾아 가면 얼마 지나지 않아서 2011년이 될 거예요. 그러면 이 주소로 가서 편지를 집주인에게 주면 돼요."

알란은 꼭 부탁한다고 이야기했고, 그녀는 수줍게 고개를 끄덕였다. 설사 다른 걸 이야기했더라도 그녀는 들어주었을 것이다.

하지만 아쉽게도 그것이 알란과 그녀의 마지막 만남이었다.

알란은 떠나가면서 알 수 없는 말을 했다.

"이건 함정이에요."

"함정이요?"

"맞아요. 함정. 이게 함정이라는 게 알려지면 문제가 되겠지만, 그때가 되면 당신은 기억하지 못할 테니까 문제는 없겠죠."

알란은 이상한 말을 남기고는 돌아섰다.

그녀는 보석함을 꼭 움켜쥔 채 알란을 불렀다.

“기억할 거예요. 언제까지나.”

“아니요. 사람의 기억은 영원하지는 않아요.”

알란이 뒤돌아서 이야기했다. 그의 표정에는 다소 미안해하는 감정과 씁쓸하다는 감정이 뒤섞여 있었다.

“그래도 기억하고 싶어요.”

그녀의 말에 알란은 잠시 망설이다가 그녀에게 다시 다가왔다. 그리고 그녀의 머리를 가볍게 잡더니 이마에 입을 맞추었다.

“선물이에요. 한 번은 이 기억을 떠올릴 수 있을 거예요.”

“한 번이라도 좋아요.”

그녀는 얼굴을 살짝 붉히면서 대답했다. 자신이 지금 무슨 말을 하는지도 전혀 알지 못한 채.

알란은 싱긋 웃고는 다시 뒤돌아서 걸어갔다.

그리고 그것이 그녀가 알란을 본 마지막이었다.

“알란.”

노파는 꿈속에서 아주 오래전 기억을 보면서 중얼거렸다.

그녀의 얼굴을 너무나도 행복하고 편안해 보였다.

* * *

주혁은 지재우와 삼합회의 상황에 관해서 이야기를 들었다.

"자신들이 실수했다고 전해왔습니다. 앞으로는 절대로 이런 일이 없을 거라면서요."

미스터 K의 말에 주혁은 수고했다고 답했다.

미스터 K의 대처와 화교 자본을 통해 이야기를 전달한 덕분에 삼합회와의 일은 잘 해결되었다.

삼합회로서도 주혁과 척을 지는 것보다는 좋게 해결하는 편이 좋다고 판단해서 일이 지금처럼 된 거였다.

처음에는 주혁을 그리 대단하다고 보지는 않았다. 시진핑 주석과 인연이 있다고는 하지만 아주 깊은 관계는 아니라고 생각했다.

그래서 자신들이 주혁에게 무슨 일을 해도 수습이 가능하다고 생각했었다.

자신들도 여러 루트로 중국 정부와 연줄이 닿아 있다. 그러니 어떤 식으로든 해결할 수 있다고 판단한 거였다.

그런데 상대로부터 굉장히 강력한 경고가 왔다.

이 계통에 있었던 사람이 아니라면 절대로 알 수 없는 방식으로.

그래서 주혁을 어떻게 해야 할지 고민하고 있던 차에 결정적인 일이 생겼다.

화교 자본을 움직이는 원로로부터 연락이 온 거였다.

시진핑 주석이 문제가 아니었다.

화교 자본을 움직이는 자들은 자신들도 어쩔 수 없는 자들이었다.

그런 곳에까지 손이 미치는 자라면 자신들이 생각한 것보다 훨씬 더 거물이라는 얘기였다.

그러니 이 정도에서 손을 떼는 게 좋았다.

게다가 적당한 명분도 상대가 던져 주었다. 같이 갔던 조창현이라는 한국인이 배신해서 일이 이렇게 되었다는 명분을.

그래서 조창현이라는 자를 뒤쫓고 있었다. 지금 신분을 감추면서 도망 다니고 있지만, 언제까지 피할 수는 없을 것이다.

"잡히지 않게 신경 써야 합니다."

주혁은 그 점을 강조했다.

그가 지은 죄에 비하면 지금 받는 벌은 아주 가벼운 거라고 볼 수 있었다.

현재 지재우는 식사도 제대로 하지 못하고 있었다.

잡히면 어떻게 된다는 걸 아주 잘 알고 있었기 때문이었다.

그래서 잠도 누워서 자지 못하고 옷을 입은 채 앉아서 잠들었다. 그러다 무슨 소리만 들리면 화들짝 놀라서 일어났다.

하루하루가 지옥과 같았고, 식사를 해도 밥이 아니라 모래를 씹는 느낌이었다.

하지만 그렇다고 죽기는 싫었다.

그는 자신이 그동안 모아놓은 재산을 급히 처분해서 숨겨놓았다.

그러니 추적만 따돌릴 수 있다면, 아무도 모르는 나라로 가서 떵떵거리면서 살 수 있다는 생각을 하면서 버텼다.

하지만 그 재산은 이미 미스터 K가 가로채서 전부 기부한 지 오래였다.

지재우는 도망치느라 그런 걸 확인할 방법이 없어서 모르고 있을 뿐이었다.

"정말 살이 쭉쭉 빠진다고 하더군요."

지재우에게 붙여놓은 자들이 찍은 사진을 보여주었는데, 시간이 얼마 되지 않았는데도 상당히 수척해진 걸 알 수 있었다.

하지만 아직 시작에 불과했다.

주혁은 자리에서 일어나며 말했다.

“당분간 한국에 없을 테니, 지금 진행 중인 일에 대해서 신경을 좀 써주세요.”

“알겠습니다. 몰타에 가신다고 하셨죠?”

“예. 그렇게 되었네요.”

제프리와 브라이언이 한국에 와서 계약을 했다. 조만간 일정이 잡히는 대로 연락을 주기로 했고, 본격적인 촬영에 들어가기 전에 리리아 카르타가 초대한 몰타에 다녀올 생각이었다.

몰타. 정말 생소한 이름이었다.

올림픽 개회식을 할 때나 혹시 들었을까 싶을 정도로 낯설었다.

그래서 지금까지와는 느낌이 조금 달랐다.

주혁이 외국에 나간 적은 많았다. 하지만 모두가 일로 간 거였지, 지금같이 일과는 상관없이 외국에 나간 적은 이번이 처음이었다.

게다가 알아보니 유명한 휴양지라고 했다. 거기다가 리리아 카르타도 굉장히 매력적인 여자였다.

아직 널리 알려진 배우는 아니었지만, 자신만의 매력이 있으니 조만간 주목을 받으리라 생각되었다.

"처음으로 휴가를 가는 건가?"

주혁은 처음으로 맞이하는 휴가라는 생각에 조금은 가슴이 설레었다.

CHAPTER 60
몰타

막상 휴가를 떠나려고 하니 신경 써야 할 것들이 아주 많았다.

특히 두 대표와 작품과 관련된 이야기를 많이 나누어야 했다.

주혁은 자신이 생각보다 작품 제작에 깊게 관여하고 있었다는 사실을 깨달을 수 있었다.

이번에 좋은 반응을 얻은 신의 퀴즈라는 작품도 주혁이 가능성을 보고 제작해야 한다고 주장한 작품 중 하나였다. 그리고 제작 방향을 정하는 것이나 캐스팅에도 영향을 미쳤다. 주로 회의에 참석해서 이야기를 하는 식으로.

“확실히 트렌드가 변하고 있어. 그렇게 생각하지 않나?”

“요즘 젊은 사람들은 미드를 많이 접해서 그럴 거예요.”

김중택 대표의 말에 주혁이 덧붙였다. 사실 신의 퀴즈는 큰 기대를 하지 않았다. 사람들에게 생소하지 않겠느냐는 반응이 있어서였다.

하지만 우려와는 달리 반응이 좋았다.

신의 퀴즈가 성공한 건 회사에서 나가려는 방향이 틀리지 않았다는 걸 증명한 것이었다.

“그리고 시청률 나온 것보다 인터넷에서는 더 큰 화제가 되었던 것 같아요. 아무래도 젊은 사람들은 제시간에 보는 경우도 있지만, 재방송이나 다운받아서 보는 경우도 많으니까요.”

사실 인터넷이 발달한 지금 시청률이 가지는 의미는 예전만 못했다. 특히나 젊은 층은 방송 시간에 보지 않는 경우도 허다했으니까.

그런 모든 점을 고려했을 때, 신의 퀴즈는 굉장한 성공이라고 할 수 있었다.

그러니 그 탄력을 이어서 올해 제작할 작품들은 더욱 신경을 쓸 생각이었다.

올해 주력으로 생각하고 있는 건 두 작품이었다.

하나는 뱀파이어가 주인공인 작품이었고, 다른 하나는 미제 사건을 수사하는 내용이었다.

"이번 작품들도 확실하게 먹힐 거예요. 이제는 사람들이 뱀파이어가 주인공으로 나온다고 해도 전혀 이상하게 생각하지 않을걸요?"

그중 한 작품은 주인공이 뱀파이어였다. 아마도 국내에서는 처음으로 시도하는 게 아닌가 싶었다.

주혁은 작품의 흥행 포인트에 관해서 이야기를 나누면서 어떤 식으로 다듬어 나갈지에 대해서 의논했다.

"캐스팅은 어떻게 생각하고 계세요?"

"아직은 확실하게 정해진 건 아닌데, 일단 신선한 얼굴로 가는 게 어떨까 싶어."

김중택 대표는 약간 불만 섞인 목소리로 말을 이었다.

"예전에는 이 정도는 아니었거든. 대장금이 잘나갈 때도 주연배우가 회당 700만 원 받았어. 그런데 그 이후로 외주제작이 늘어나면서 배우들 몸값이 갑자기 뛰더라고."

주혁은 고개를 끄덕였다.

요즘 어지간한 주연급 배우는 드라마 출연료가 회당 수천만 원이다.

주혁은 솔직히 너무 과하다고 생각하고 있었다.

"솔직하게 거품이 많잖아요. 그러니까 잘 알려지지는 않았는데 역량 있는 배우들을 찾아보죠. 요즘은 그런 배우들도 제법 눈에 들어오더라고요."

"하기야 쓸데없이 돈만 많이 잡아먹는 배우를 쓰는 것보다야 인지도가 없더라도 실력 있는 배우들에게 기회를 주는 편이 좋지."

기재원, 김중택 대표와 주혁은 모두 같은 생각을 했다. 이렇게 생각할 수 있는 이유는 수출을 처음부터 염두에 두고 있기 때문이었다.

사실 국내에서 조금 인지도가 있다고 하더라도 외국에서는 어차피 잘 모른다.

그러니 정말 한류 스타를 쓸 것이 아니라면 국내 인지도는 신경을 쓸 이유가 없었다. 어차피 수출을 통해서 제작비를 건져야 하니 굳이 얼굴이 알려진 배우를 쓸 이유가 없는 것이다.

물론 바사드 투자회사에서 자금을 지원해서 제작비는 여유가 있었다.

하지만 지금 이곳에 있는 사람들의 꿈은 국내에 머물고 있지 않았다. 세계적인 제작사로 발돋움하는 것을 목표로 하고 있었다.

그러니 외국에 나가서도 충분히 경쟁력 있는 작품을 만들자는 게 목표였고, 그러기 위해서는 작품의 퀄리티가 무엇보다도 우선이었다. 트렌드를 읽는 능력이야 여기에 모인 세 사람이 국내에서 최고라고 할 수 있었으니까, 선택한 작품을 잘 만들기만 하면 충분히 성공할 수 있다고 여겼다.

"맞아. 어차피 국내에서만 장사하고 말 거 아니니까. 가능하면 실력 있는 젊은 친구들이나, 그동안 무명이었지만 가능성이 있는 배우를 발굴해서 캐스팅하는 방향으로 가자고."

그래서 각자 영화나 드라마에서 보고 인상이 깊었던 배우들에 관해서 이야기를 나누었다.

대여섯 명의 이야기가 나왔는데, 그들 말고도 앞으로도 계속해서 발굴에 주력하기로 했다.

"드림하이는 반응이 아주 좋던데요?"

주혁은 작품이나 배우와 관련된 이야기가 어느 정도 정리되자 잠깐 쉬는 시간에 최근 인기를 얻고 있는 드림하이에 대해서 언급했다. 시청률도 높았고 아토 엔터테인먼트 소속 가수와 배우에 대한 평도 좋았다.

"솔직하게 말해서 아이돌 애들은 아직은 연기가 좀 약해. 그나마 중견 배우들하고 안수현이가 활약을 해서 괜찮아 보이는 거지."

기재원 대표는 아이돌 애들만 나왔으면 지금과 같은 반응을 끌어내지는 못했을 거라고 이야기했다. 연기력이 되는 배우들이 탄탄하게 받쳐 주니까 신인들의 상큼함이 빛나는 거였다. 그러면서 자신이 출연하지 않은 게 정말 잘한 결정이라고 너털웃음을 터뜨렸다.

사실 페가수스의 대표가 연기에 조금 욕심이 있었는지, 기재원 대표와 같이 출연하자고 이야기를 했었다. 기재원 대표도 오디션 프로그램에서 심사위원까지 해봤으니 분량이 많지 않으면 할 만하지 않겠느냐면서.

하지만 기재원 대표는 자신의 역량을 잘 알았다.

가뜩이나 연기력이 불안한 아이들이 많았는데, 자신까지 거기 들어갔다가는 드라마 전체가 흔들릴 것 같았다.

그래서 잘 설득해서 그 자리에는 연기력이 출중한 중견 배우를 캐스팅하도록 했던 거였다.

"백번 잘한 일이지. 내가 그 자리에서 연기를 했어 봐. 완전 망했을 거라니까."

"뭘요. 저번에 심사하시는 거 보니까 연기하셔도 되겠던데요."

"그게 연기하고 어디 같은가. 나는 내가 잘 알아. 그런 거 할 재목이 아니야."

기재원 대표는 안수현이 제대로 활약하면서 드라마가 확 살았다고 칭찬했다.

그가 안정적인 중견 배우들의 연기와 톡톡 튀는 아이돌

의 연기를 잘 연결하고 있었다.

“워낙 연기 욕심이 많은 친구라서 성공할 줄 알았어. 그 덕에 다른 애들까지 칭찬을 받고 있다니까. 아이돌이라 연기가 엉망일 줄 알았는데, 생각보다 잘한다면서.”

처음에는 부정적이던 사람들도 드라마를 보고 나서는 생각이 많이 바뀌었다. 출연한 아이돌에 대해서 상당히 긍정적인 평을 했던 것이다.

“자네 떠나기 전에 촬영 현장 한번 들르지? 어차피 다녀오면 끝나 있을 것 같은데.”

지금까지는 여러 일이 있어서 현장에 들르지 못했다.

미국에 거의 한 달가량 있었고, 돌아와서는 바로 마약 사건이 터졌다.

그러니 어디 촬영장에 갈 경황이 있었겠는가.

“아, 생각해 보니 그러네요. 그런데 시간이 오늘이나 내일밖에 없을 것 같은데…….”

안 그래도 소속사 아이들이 많이 나오는 작품이라 한번 들러는 봐야겠다고 생각은 하고 있었다. 그래서 가능하면 가봐야겠다고 마음을 정했다.

“오늘하고 내일 다 촬영이 있으니까 가능은 할 거야. 내가 한번 알아보지.”

기재원 대표는 바로 연락을 했는데, 언제든지 가능하다

는 답변을 들었다.

월드 스타인 주혁이 방문을 하겠다는데 누가 반대를 하겠는가.

오히려 제발 와주십사 하는 부탁을 할 정도였다.

“나랑 지금 회의 끝나면 같이 가지. 아마 애들이 무척 좋아할 거야. 마약 사건으로 애들도 걱정을 많이 했거든.”

아토 엔터테인먼트에서 주혁의 위치는 단순한 배우나 임원이 아니었다.

기재원 대표가 단순한 대표가 아니라 멘토이자 아버지 같은 존재이듯, 주혁도 롤 모델이자 든든한 맏형이나 큰오빠 같은 존재였다.

주혁도 아이들을 단순한 소속사 식구가 아닌 동생들처럼 생각했었고.

그래서 아토 엔터테인먼트의 식구들은 다른 회사보다 끈끈한 게 있었다.

보통 마약 사건 같은 게 일어나면 회사 차원에서는 대응을 하지만, 같은 소속사 식구들이 적극적으로 나서지는 않는다.

하지만 일전에 폭행 사건이 일어났을 때도 그랬고, 이번에도 소영이나 파이브 스타를 비롯한 많은 애들이 적극적으로 주혁을 옹호했다.

절대로 그럴 리가 없다는 믿음과 신뢰가 없었다면, 할 수 없는 그런 행동이었다.

“가봐야죠. 한 명도 아니고 우리 애들이 그렇게 많이 나오는데 제가 얼굴도 한번 비추지 않는다는 게 말이 되나요.”

주혁은 기분 좋은 웃음을 보이면서 이야기했다.

회의를 마치고 주혁이 촬영장에 도착했을 때, 촬영장 전체가 들썩였다. 주혁을 보기 위해서 스태프와 배우들이 몰려들었기 때문이었다.

한류 스타라고 불리는 아이돌들이었다.

하지만 주혁 앞에서는 그저 사인을 해달라고 종이를 내미는 어린 팬에 불과했다.

주혁은 한 명 한 명에게 칭찬을 해주면서 같이 이야기를 나누었다.

아직 부족하다는 말은 부드럽게 이야기했다. 자신이 이야기하지 않아도 인터넷을 통해서 욕은 넘치도록 얻어먹고 있을 테니까.

그것보다는 잘한 부분을 칭찬하고 기운을 북돋는 이야기를 많이 해주었다.

아이들은 한껏 고무되어서 피곤한 것도 잊은 채 촬영에

임했다.

PD를 비롯한 사람들은 오늘따라 아이들이 연기를 부쩍 잘한다는 느낌을 받았다.

그리고 PD의 권유로 주혁은 카메오로 출연했다.

대사 없이 그냥 지나가는 사람으로 나오는 거였는데, 대본을 살짝 수정하겠다는 걸 주혁이 말린 결과였다.

공연히 자신 때문에 번거로운 일을 만들고 싶은 생각은 없었다. 그저 지나가는 사람 정도가 딱 좋다고 생각했다.

촬영장에 있는 모든 사람이 즐거워했다.

주혁은 사람들에게 잊지 못할 추억을 하나 선물하고는 한국을 떠날 수 있었다.

* * *

몰타.

지중해 한가운데 있는 작은 군도이다.

강화도보다 작은 면적이지만, 인구는 40만 명이나 된다. 강화도의 인구가 6만 명이라는 걸 생각하면 상당히 많은 숫자였다.

“세계적인 신혼여행지라고 하더니 이해가 되는군요.”

몰타는 정말 아름다운 곳이었다.

유럽풍의 건물들과 옥빛 바다가 무척이나 인상적이었다.

그리고 지중해성 기후가 무엇이라는 걸 잘 알 수 있었다.

주혁이 도착한 2월에는 비가 많이 오는 경우도 있다고 했는데, 도착한 날에는 정말 화창하고 맑은 날이었다.

"아마도 당신을 보면 사람들이 모두 놀랄 거예요."

리리아 카르타는 빙긋 웃으면서 이야기했다. 주혁이 촬영장에 방문한다는 사실은 자신과 주요 인사들만 알고 있다고 했다.

"사실 몰타라는 이름을 어디선가 들어봤다고 생각했었는데, 몰타의 매라는 영화에서 들어본 거였어요. 무척 예전 영화이기는 한데, 느와르 영화의 원조라고 하죠."

"몰타의 매는 저도 알아요. 캐릭터가 무척 인상적이죠."

몰타의 매는 1941년 영화이니, 주혁이나 리리아 카르타가 안다는 건 이 영화가 얼마나 유명한 영화인지 알려주는 단적인 예였다.

소설이 원작인 이 영화에서 험프리 보가트는 샘 스페이드라는 탐정 역할을 했는데, 이 캐릭터는 이후 수많은 느와르 영화에 영향을 미쳤다.

중절모에 레인코트를 입고 담배를 비스듬하게 무는 모습. 돈과 여자를 밝히고, 어찌 보면 악인에 가까운 캐릭터. 하지만 자신만의 신념이 있는 묘한 매력을 지닌 캐릭터.

주혁과 리리아 카르타는 잠시 영화에 대한 이야기를 나누었다.

둘 다 연기를 하는 사람이어서 이야기가 잘 통했다.

느와르 영화는 남자들이 아주 좋아하는 장르였는데, 리리아 카르타도 상당히 잘 알고 있었다.

사실 어두운 뒷골목과 암울한 분위기, 총과 피가 난무하는 장르라서 남자들의 전유물과 같이 여겨지는 장르였으니까.

1980년대를 살았던 남자들치고 영웅본색에 열광하지 않았던 사람이 어디 있었던가.

주혁도 예전에 영웅본색의 주인공 흉내를 내면서 놀았던 추억이 떠올랐다.

아마도 자신이 영화배우가 되겠다고 처음으로 마음을 먹은 게 그 당시가 아니었을까 싶었다.

주혁은 파란 하늘을 여유롭게 흘러가는 구름을 보면서 상념에 잠겼다.

땅에 질질 끌리는 아버지의 코트를 입고 총을 쏘는 흉내를 내곤 했었다. 그리고 쌍둥이 여동생들은 그런 자신을 보고는 손뼉을 치면서 좋아했고.

어머니는 그런 자신을 보고는 파리채를 들고 달려오셨다.

아버지는 그런 자신을 번쩍 들어 안고는 머리를 쓱쓱 쓰다듬어 주셨다.

그때가 초등학교에 막 들어갔을 때였으니까 주혁에게 아버지는 거인이었다.

세상 누구보다도 강한 거인.

동생들은 다섯 살이었으니 아직 애들이었고.

"무슨 일 있어요?"

주혁의 기억은 리리아 카르타의 말소리에 중단되었다. 그녀는 이야기를 하다가 갑자기 아련한 표정이 되어 생각에 잠긴 주혁을 바라보다가 시간이 길어지자 말을 건 거였다.

그녀는 주혁의 표정이 서글픔에 젖어드는 걸 보고는 무언가 실수라도 한 게 아닌가 걱정했다.

하지만 주혁의 표정은 이내 밝아졌다.

"아니에요. 예전 생각이 좀 나서 그랬어요."

분위기가 조금 어색했는지 리리아 카르타는 활짝 웃으면서 화제를 바꾸었다.

"혹시 그거 알아요? 여기 사람들을 말티즈라고 한다는 거?"

Maltese는 몰타 사람, 몰타어를 뜻하는 말이었는데, 그것보다는 흔히 말티즈라고 부르는 애완견이 더 유명했다. 아리스토텔레스가 이 애완견에 대해 언급한 기록이 있을 정도로 오래전부터 사람들의 사랑을 받았던 애완견이었다.

"말티즈의 별칭이 왕좌의 개라고 해요. 재미있죠?"

"그러면 말티즈도 드라마에도 나와야 하는 거 아닌가요?"

주혁과 리리아 카르타는 킥킥대며 웃었다.

그녀가 찍고 있는 드라마는 왕좌의 게임이라는 드라마였다. 얼음과 불의 노래라는 소설이 원작이었는데, 주혁은 본 적이 없는 소설이었다.

하지만 드라마 내용을 접한 순간 강렬한 충격을 받았다.

사실 한국에서는 이런 작품이 있어도 영화나 드라마로 만들지 못한다.

제작비 문제가 있기 때문이었다.

부럽기도 하고 이런 드라마를 찍고 싶다는 생각도 들었다. 아직 방송되지는 않았는데, 어떻게 촬영하고 있는지 정말 궁금했다.

그렇게 가벼운 이야기를 하는 사이에 주혁은 목적지에 도착했다. 세인트 줄리앙스에 있는 힐튼 호텔이었다.

"내일부터 촬영이라고 했죠? 내일 촬영장으로 찾아갈게요."

"기대할게요. 그럼 내일 봐요."

리리아 카르타는 작별 인사를 하고는 돌아갔다.

주혁은 짐을 풀고는 테라스로 나가서 바닷가를 보았다. 푸른 하늘과 잔잔한 바다. 그리고 양털 같은 구름이 하늘에 몽실몽실 떠 있었다.

* * *

"반갑습니다, 미스터 강."

드라마의 총괄 프로듀서인 데이비드가 반갑게 주혁을 맞이했다. 강이 아니라 캉으로 들리기는 했지만, 이제는 익숙했다.

처음에야 발음이 조금 신경 쓰이기도 했지만, 워낙 자주 듣다 보니 아무렇지도 않게 되었다.

"이번에 미션 임파서블에 출연하신다는 이야기는 들었습니다. 미스터 강의 액션이라니. 정말 기대가 되는군요. 제가 영화관에 잘 가는 편은 아니지만, 그 영화는 큰 화면에서 보고 싶다는 생각이 듭니다."

"소식이 무척 빨리 퍼지는군요."

주혁은 항상 기대하는 것 이상을 보여주려고 하는데, 잘될지는 모르겠다는 말을 농담처럼 던졌다.

주혁은 할리우드 관계자들을 상대할 때는 한국이나 아시

아에서처럼 겸손하게 굴지 않았다.

아시아에서는 겸손한 이미지를 사람들이 좋아하지만, 서양에서는 그렇지 않다는 조언을 들어서였다. 유쾌하면서도 자신감 넘치는 이미지를 좋아한다는 거였다. 그러면서 아시아에서 행동하는 것처럼 하면 오히려 좋지 않게 볼 수도 있다고 했다.

그래서 적당히 자신감을 드러내 보였다.

그리고 할리우드 관계자들과 이야기를 할 때면, 그러고 싶었다.

아직까지도 동양인이라고 편견을 가지고 보는 사람도 있었고, 약간 무시하는 그런 시선도 있었다.

그래서 오히려 더 당당하게 말하고 행동하게 되었다.

그리고 주혁은 충분히 그럴 만한 인물이었다.

이미 미국에서 영웅이었고, 영화도 흥행시켜서 배우로서의 파워도 증명했다. 그리고 이번에 촬영하는 영화에 투자되는 자본도 사실상 그의 돈이라는 이야기가 돌고 있었다.

"이번에 제작까지 한다는 이야기가 있던데……."

"전적으로 참여하는 건 아닙니다."

데이비드는 프로듀서라서 그런지 몰라도 그런 부분이 궁금한 모양이었다. 주혁이 제작에 참여한다는 건 투자되는 자금이 사실상 주혁의 자금이라고 보아도 무방하다는 뜻이었다.

하지만 주혁은 모호한 답변을 했다.

사실 주혁의 자금이라고 보아도 되는 거였다. 자신이 원한다고 이야기만 하면 무조건 투자를 할 테니까.

하지만 주혁은 아주 특별한 경우가 아니고서는 그런 언급을 할 생각이 없었다. 그래서 이번에 영화에 투자를 하는 것도 자신은 나중에야 들었다.

투자회사에서 알아서 움직인 거였는데, 상당한 금액을 투자하면서 주혁이 제작에 관여할 수 있도록 해놓았다.

주혁이 작품을 하는 데 편의를 제공한다고 한 일이었다. 아무래도 그렇게 되면, 작품을 하면서 주혁의 발언권이 강해질 테니까.

데이비드는 이야기를 하면서 주혁을 잘 살폈다. 프로듀서들 사이에 강주혁이라는 아시아 배우가 아주 특별하다는 이야기가 돌고 있어서였다.

제작에 참여한다는 건 돈만 있다고 되는 게 아니었다.

주혁이 제작에 참여할 수 있었던 건 제프리와 브라이언이 적극적으로 찬성해서 이루어질 수 있었던 거였다.

이제 할리우드 작품에 처음 출연하는 아시아 배우에게 제작에 관여할 수 있도록 할 사람은 없을 것이다. 그것도 독립 영화도 아닌 블록버스터 작품에.

하지만 제프리와 브라이언은 주혁의 능력을 인정했다. 이야기를 하면서 영화에 대한 그의 안목과 통찰력은 그들을 매혹시켰다. 오죽하면 다시 만나자고 먼저 제안을 했겠는가.

그리고 그런 이야기가 프로듀서들 사이에 돌고 있었다.

그렇게 여러모로 화제의 인물이라 데이비드는 관심을 가지고 주혁을 살폈다.

그리고 이야기를 하면서 확실히 무언가 특별한 게 있다는 느낌을 받았다. 아직 작품에 대한 이야기는 깊게 하지 않아서 모르겠지만, 자연스럽게 풍기는 기운이 있었다.

"이야기가 무척 인상적이었습니다. 읽으면서 가슴이 저절로 두근거렸어요."

주혁이 이야기를 지금 촬영하고 있는 왕좌의 게임으로 돌렸다.

할리우드 드라마의 제작 시스템에 대해서 궁금해서 주혁은 적극적으로 대화를 이끌어 나갔다.

가장 부러운 건 사전 제작을 한다는 점이었다.

사실 한국의 드라마 제작 방식이 조금 이상한 거였다. 작품을 찍으면서 시청자들의 반응을 봐서 내용을 바꾼다는 게 정상적인 제작 방식은 아니지 않은가.

작품의 완성도를 위해서는 당연히 사전 제작 방식이 좋

았다.

둘이 이야기를 하는 사이에 촬영 시간이 다가왔다.

데이비드는 함께 나가자고 권했다. 그러면서 사람들이 깜짝 놀랄 거라면서 즐거워했다. 어찌 보면 아이 같아 보이기도 했는데, 사실 이 방면에 일하는 사람들은 아이 같은 면이 있었다.

무언가를 상상하고 만들어낸다는 것. 그런 작업을 하기 위해서는 순수한 감성이 필요하다. 그래서 제작자나 배우들 중에는 정말 아이와 같은 면을 가진 사람들이 많다.

섬 자체가 크지 않다 보니 제작 현장에는 금방 도착했는데, 정말 엄청나게 많은 인원이 북적이고 있었다.

한국의 드라마 촬영장과는 비교도 할 수 없을 정도로 거대한 규모였다.

게다가 동원된 인원도 엄청났고, 준비된 의상과 장비도 어마어마했다.

처음에는 사람들이 주혁을 알아보지 못했다. 모자에 선글라스를 끼고 총괄 프로듀서인 데이비드와 함께 움직이니, 그냥 관계자라고 생각하는 듯했다.

그를 가장 먼저 알아본 건 옆에서 구경하던 배우들이었다.

주혁은 처음에는 모두 아역 배우인 줄 알았다. 둘 다 키가 작았기 때문이었다. 하지만 여자아이는 아역 배우가 맞았는데, 남자는 아니었다.

"어? 이거 내가 지금 눈이 잘못된 건가?"

"왜요?"

여자아이가 묻자 그녀보다 키가 작은 남자가 주혁 앞을 왔다 갔다 하면서 말했다.

"내 눈에 지금 아주 유명한 배우가 보이는 것 같아서 말이야."

그제야 여자아이도 주혁을 유심히 살펴보았다.

주혁은 웃으면서 선글라스를 벗었다.

그러자 여자아이가 주혁을 알아보고는 호들갑을 떨면서 팔짝팔짝 뛰었다.

그리고 그 소리를 들은 사람들이 주혁의 주변으로 몰려들었다.

데이비드가 웃으면서 사람들에게 정식으로 주혁을 소개했고, 주혁은 잠시 사람들과 이야기를 나누었다.

하지만 곧 촬영에 들어갔기 때문에 촬영장은 다시 판타지 속의 세상으로 변했다.

"촬영이 없나 보군요."

"이번 장면에는 내가 나오지 않거든요."

자신을 피터라고 소개한 남자는 주혁의 옆에서 촬영 현

장을 살피고 있었다. 키는 훨씬 작았지만, 나이는 주혁보다 10살이 많았다.

"캐릭터가 무척 인상적이네요. 배역 한 명 한 명이 모두 흥미로워요."

주혁은 마치 자신이 출연했던 추노와 비슷하다는 생각을 했다. 전혀 다른 스타일의 드라마였지만, 캐릭터 하나하나가 살아 있는 것 같은 느낌이 드는 건 똑같았다.

피터는 주혁의 이야기에 관심을 보였다.

"나도 그 드라마를 한번 보고 싶군요."

"아직은 영어로 번역이 되지는 않았을 텐데, 제가 나오면 꼭 보내 드리죠."

피터는 주혁에게 지금 촬영하고 있는 장면에 관해서 이야기를 해주었다.

그는 무척이나 해박하고 섬세했다.

주혁은 처음에는 사실 이런 사람이 연기를 제대로 할 수 있을까 싶었는데, 자신이 편견을 가지고 있었다는 걸 깨달았다.

그는 카리스마가 넘치고 유머와 위트가 있었다. 그의 연기를 직접 보지는 못했지만, 지금 이야기하면서 그가 보여주는 행동만 보아도 짐작할 수 있었다. 연기는 키와는 상관없었다.

그는 정말 훌륭한 배우였다.

그는 각 인물과 가문에 대해서 설명을 해주었고, 주혁은 한 번 듣고 대부분을 기억했다.

둘은 아주 죽이 잘 맞는 친구처럼 계속 붙어 앉아서 이야기를 나누었다.

주혁은 계속 구경하면서 참 대단한 드라마라는 생각이 들었다. 인물들의 흡입력이 장난이 아니었다. 캐릭터가 워낙 탄탄하다 보니 이야기에 순식간에 빠져들었다.

주혁은 이 드라마는 대박이라고 생각했다.

"정말 총을 든 사람하고 싸웠어요?"

"총에 맞은 자리 보여주세요."

그리고 그들이 있는 자리에 세 아이들이 자주 놀러 왔다. 아무래도 아이들이다 보니 아직은 장난치기에 바빴다. 산사, 아리아, 브랜 역을 맡은 아이들이었는데, 가장 나이가 많은 산사가 96년생이니 올해 우리나라 나이로는 열여섯이다. 막내인 브랜은 99년생이고.

주혁은 애들이 귀여워서 웃으면서 같이 놀아주었다. 어찌나 장난꾸러기들인지 잠시도 가만히 있지를 않았다.

그러다가 주혁은 붉은 그늘이 하늘에 걸쳐 있는 것을 보고는 깜짝 놀랐다. 시간이 이렇게 흘렀으리라고는 생각지도 못해서였다. 그만큼 이 드라마 촬영장은 엄청난 매력덩어리였다.

주혁은 아쉬움을 꾹 누른 채 사람들과 인사를 하고는 헤어졌다.

내일은 다른 곳에서 촬영하고 있는 리리아 카르타를 찾아갈 예정이었다. 같은 몰타에서 촬영을 하면서도 동시에 여러 곳에서 촬영이 진행되었다.

주혁은 내일은 또 어떤 매력을 발견할 수 있을지 기대가 되었다.

그리고 피터는 떠나가는 주혁을 바라보면서 중얼거렸다.

"정말 부러운 걸 다 가지고 있는 친구야."

"예? 뭐가요?"

옆에 있던 아이들이 그의 말을 듣고는 물었다.

피터는 아이들을 보면서 인자한 미소를 보이면서 대답했다.

"미스터 강은 정말 대단한 배우란다."

"피터는 그가 연기하는 걸 직접 본 적도 없잖아요. 그런데 어떻게 그걸 알아요?"

가장 나이가 어린 브랜이 물었다.

"너희도 연기를 계속하다 보면 그런 걸 느낄 때가 있을 거다. 물론 지금은 아니야. 너희들은 아직 장난꾸러기라고 하는 게 더 어울리거든."

“쳇, 알았어요. 그래도 뭐 멋있긴 했어요. 걸어가는데 막 빛이 나는 것 같았다니까요.”

열세 살인 브랜은 아직은 총에 맞은 자국을 보지 못한 게 더 아쉬운 듯했지만, 산사와 아리아는 그의 매력을 어렴풋이 느낀 듯했다.

“영화에서 본 것보다 더 멋있는 것 같지 않아?”

“맞아요. 정말 최고. 나중에 같이 영화 찍었으면 좋겠어.”

둘은 오래된 성의 담 너머로 사라지는 주혁의 뒷모습을 보려고 까치발을 하고서는 이야기를 나누었다.

* * *

몰타는 크게 3개의 섬으로 이루어져 있다. 본섬인 몰타와 고조, 그리고 두 섬 사이에 위치한 코미노. 이렇게 셋이다.

주혁이 어제 갔던 곳은 몰타의 임디나였다. 역사가 3천 년이나 되는 도시로 유럽과 중동의 느낌이 섞여 있는 듯한 묘한 매력을 가진 곳이었다.

오늘 주혁이 향한 곳은 고조 섬. 리리아 카르타는 그곳에서 촬영을 하고 있었다.

그녀는 대너리스라는 역을 맡고 있었다.

타르가르옌 가문의 마지막 혈통.

어제 피터로부터 자세한 설명을 들어서 그것이 어떤 의미인지 알 수 있었다.

그리고 이곳 촬영장에서도 주혁은 굉장한 환대를 받았다.

일반인들에게도 널리 알려졌지만, 주혁은 배우들에게는 무척이나 인상적인 존재였다. 신비로운 분위기에 뛰어난 연기력과 엄청난 액션. 그리고 따뜻한 마음을 가지고 있었으니까.

배우로서는 거의 완전체에 가깝다고나 할까. 사람들은 그런 주혁이 이곳에 있다는 게 신기하다는 듯 바라보았다.

주혁은 책임자와 잠시 이야기를 나누었는데, 이곳은 어제 보았던 장소와는 완전히 다른 분위기였다.

거칠고 야만스러움이 가득했다.

복장부터 분위기까지 정말 그런 분위기가 물씬 풍겼다.

그런데 이야기를 나누다가 이 야만 부족이 쓰는 언어를 직접 만들었다는 이야기를 듣고서는 놀라지 않을 수 없었다.

"언어를 만들었다고요?"

"분위기를 살리려면 그것이 가장 좋죠. LCS라는 전문 기관이 있습니다. 거기 의뢰를 해서 도트락 부족이 쓰는 언어를 만들었죠."

주혁은 감탄에 감탄을 거듭했다.

이런 준비를 하고 드라마를 만드니 완성도가 있는 것일 터이다.

주혁은 기대를 하고 촬영 현장으로 나갔다.

"오셨네요?"

"정말 아름다워요. 이 촬영장의 보석이 바로 당신이군요."

실제로도 그랬다. 온통 야만스럽고 거친 분위기 속에 있는 리리아 카르타는 정말 아름다웠다.

그런데 그것보다 주혁의 눈을 끈 것은 오늘 촬영할 내용이었다.

"오늘 촬영할 내용이 결혼식이네요?"

"예. 우리가 흔히 생각하는 그런 결혼식은 아니지만 말이죠."

리리아 카르타는 가볍게 웃으면서 이야기했다.

하지만 주혁은 대본을 보면서 점점 심각한 표정이 되었다. 결혼식 장면을 읽으니 알란의 편지가 생각나서였다.

"무슨 일이라도 있는 건가요?"

"아니에요. 결혼식이 조금 생각했던 것과는 달라

서……."

"이 부족의 설정이 그러니까요."

주혁은 잠시 이야기를 나누다가 촬영 현장을 지켜보았다.

그리고 촬영 현장 주변도 자세히 살폈다. 분명히 이곳 어딘가에 무슨 단서가 있을 거라는 생각에서였다.

배경은 정말 아름다웠다.

아주리 윈도우라고 불리는 장소를 배경으로 결혼식 장면이 촬영되었는데, 관광 명소라고 했다. 거대한 바위에 구멍이 나서 마치 창과 같이 보였고, 그 너머로 넘실거리는 푸른 바다가 보였다.

하지만 그런 배경에서 촬영된 결혼식 장면은 공중파에서는 도저히 방송될 수 없는 그런 장면이었다. 남녀가 성행위를 하는 듯한 모습이 보이다가 곧바로 싸움이 벌어졌다. 그것도 칼을 뽑고 피가 튀는 그런 싸움이.

하지만 주혁은 이해가 되었다. 그것이 이 부족의 정체성이었으니까.

이 야만 부족이 얌전히 고기를 뜯고 축하하다가 결혼식이 끝난다면 어울리겠는가.

필요에 의해서 이런 장면이 들어가는 건 필요한 것이었다.

그리고 싸움은 점점 격렬해져서 칼이 배를 가르고 창자가 튀어나왔다.

도트락 결혼식에서 사망자가 3명도 안 되면 지루한 결혼식이었다고 누군가가 대사를 할 것이다.

"정말 살벌한 결혼식이네."

알란이 이 광경을 보았다면 충분히 그렇게 생각할 수 있었을 것이다.

주혁은 주변을 살폈다. 분명히 무언가 특별한 것이 있을 것으로 생각해서였다.

"어디냐, 새로운 능력을 얻게 되는 곳이."

* * *

주혁은 계속 지켜보았지만, 특별한 변화는 보이지 않았다. 잔잔한 옥빛 바다도 그대로였고, 눈이 시리게 푸른 하늘도 그대로였다. 그리고 웅장한 바위가 있는 부근 절경에서도 어떠한 조짐도 나타나지 않았다.

"오늘이 아니면 내일이나 모레일 수도 있겠지."

주혁은 연신 고개를 돌리면서 중얼거렸다.

날짜가 언제인지는 잘 모르겠지만, 이 결혼식 장면이 촬영되는 동안에 무슨 일이 일어날 것이다.

일정상으로는 모레까지라고 되어 있기는 했는데, 상황에 따라서는 달라질 수도 있다. 일정이야 항상 유동적인 것이었으니까.

일단 주혁은 촬영이 진행되는 동안은 계속해서 촬영장에 있어야겠다고 생각했다.

그리고 사실 촬영 장면을 보는 것도 상당히 흥미롭기는 했다. 워낙 독특한 분위기의 작품이라 보고 있으면, 시간 가는 줄 모를 정도였다.

특히나 야만 부족의 촬영이어서 그런지 몰라도 연기하는 사람들의 에너지가 대단했다. 정말 야만 부족이라고 해도 믿을 수 있을 정도로.

주혁은 그들이 뿜어내는 강렬한 에너지에 취해서 지루함을 느낄 틈도 없이 장면에 몰입했다.

물론 그러면서도 주변을 살피는 건 잊지 않았다. 구경을 하는 것도 중요했지만, 가장 우선은 새로운 능력이었으니까.

그렇게 주변을 살피면서 촬영을 보고 있다가 무언가 이상한 게 있다는 걸 발견한 건 해가 뉘엿뉘엿 넘어갈 때쯤이었다.

"뭐지? 뭔가 반짝이는 것 같은데?"

주혁은 한국어로 중얼거렸다.

사람들은 촬영 장면을 보면서 말하는 것이려니 하고는 신경도 쓰지 않았다.

주혁은 눈에 힘을 주고 아주리 윈도우 방향에 있는 땅바닥을 쳐다보았다. 무언가가 빛나고 있는 게 보였기 때문이었다.

촬영을 하고 있는 곳에서 조금 떨어진 장소의 바닥이었는데, 낮부터도 계속 약하게 빛나고 있었던 것 같았다. 해가 떠 있을 때는 햇빛에 가려서 잘 보이지 않았는데, 해가 지기 시작하니 눈에 띈 거였다.

주혁은 주변을 둘러보았다.

모든 사람이 촬영에 집중하고 있었다.

혹시라도 다른 사람들이 저 빛을 이상하게 생각하면 어떻게 하나 걱정이 되었다.

그래서 주혁은 구경을 하는 것처럼 하면서 조금씩 빛이 나오고 있는 방향으로 움직였다.

"미스터 강. 어디 가세요?"

빛이 흘러나오고 있는 곳으로 제법 접근했을 때였다.

뒤에서 스태프 한 명이 다가오면서 물었다.

빛에 가까워지니 더욱 확실하게 보였다. 은은하게 빛이 올라오고 있어서 누구라도 알 수 있을 정도였다.

"그냥 구경이나 좀 하려고요."

주혁은 대답을 하면서 이 사람이 자신을 따라오면 어찌할지 생각했다. 그가 서 있는 장소에서는 바닥이 빛나고 있는 게 뻔히 보였으니까.

하지만 그 남자는 알았다는 듯 고개를 살짝 끄덕이고는 돌아갔다.

'뭐지? 저게 보이지 않는 건가?'

주혁은 일부러 이 장소에서 다른 사람들의 반응을 살폈다.

주혁의 근처로 오가는 사람도 있었는데, 바닥이 빛나고 있다는 사실을 전혀 눈치채지 못하고 있는 듯했다.

주혁은 확실히 하기 위해서 사람을 붙잡고 물어보았다.

"저기 바닥에 빛이 나는 거 혹시 보여요?"

"빛이요? 어디요?"

질문을 받은 여자는 고개를 두리번거리면서 주혁이 말한 것이 무엇인지 찾았다.

주혁은 확실하게 알 수 있었다.

저 빛은 자신에게만 보이는 거였다.

그렇지 않다면 설명이 되지 않았다. 눈이 달린 이상 저걸 못 볼 수는 없었으니까.

"아니에요. 제가 뭔가를 잘못 본 모양이네요."

주혁은 병원에서 있었던 일을 떠올렸다.

그때도 자신의 몸에서 환한 빛이 났는데, 바로 옆에 있는 의사들은 전혀 그런 걸 모르고 있었다.

그렇다면 저건 분명히 상자와 관련된 것이 틀림없었다.

주혁은 천천히 빛이 나는 장소로 움직였다.

여유롭게 구경을 하는 폼으로 움직여서 의심하는 사람은 없었다. 그리고 막바지 촬영이 한창이라 모두들 거기에 정신이 팔려 있었기 때문이기도 했고.

그래서 주혁은 다른 사람의 관심을 끌지 않고 그 장소에 도착할 수 있었다.

더욱 좋은 점은 날씨가 어두워지고 있어서 주혁이 무얼 하는지 멀리서는 잘 보이지 않는다는 점이었다.

주혁은 빛이 새어 나오고 있는 장소에 앉아서 돌을 이리저리 뒤적였다.

돌을 치우자 점점 빛이 강해졌다.

아마도 예전부터 계속 이 상태로 있었을 것이다.

하지만 이 빛을 볼 수 있는 건 자신밖에는 없다고 생각되었다.

'상자의 주인도 이 빛을 볼 수 있을까?'

확실치는 않았지만, 만약 볼 수 있다면 보스라고 불리는 자 정도? 그 외에는 이 빛을 볼 수 있는 사람은 없을 것이다. 주혁은 그런 생각을 하면서 돌을 하나둘 치웠고, 점점 푸르스름하면서도 따사로운 느낌이 드는 빛이 강해지는 걸 지켜보았다.

그리고 주변에 돌무더기가 수북하게 되었을 때, 드디어 빛을 내는 것의 정체를 알 수 있었다.

자그마한 구슬 같은 거였는데, 언뜻 보기에는 그냥 돌덩어리 같았다.

주혁은 작은 구슬을 손에 쥐었다.

[알란이다. 알란의 기운이야.]

갑자기 상자가 말을 걸어왔다. 그것도 무척이나 활기찬 목소리로.

주혁은 상자의 이런 모습을 처음 보는 것 같았다. 그래서 다소 섭섭한 마음이 들었다.

자연스럽게 퉁명스러운 말투로 이야기하게 되었다.

[알란?]

[그리운 느낌이야. 나와 헤어지고 나서도 상당한 발전을 한 모양이군.]

상자는 무척이나 즐거워하면서 떠들었다. 주혁은 이것이 알란이 이야기한 또 다른 능력이라는 걸 확인할 수 있었다. 그런데 어떻게 해야 하는지 알 수 없었다. 돌을 가지고 무얼 해야 하는지, 아니면 다른 방법이 있는지.

[이게 나에게 다른 능력을 준다고 하던데 혹시 어떻게 해

야 하는지 알아?]

[너는 정말 운이 좋은 녀석이야. 알란이 어렵게 얻은 능력일 텐데, 너를 위해서 이렇게 공짜로 넘겨주는 거니까.]

상자는 그냥 구슬을 가지고 있으면 된다고 말했다. 그것은 알란의 기운이 모인 결정이라서 상자의 주인과 접촉하면 자연스럽게 녹아서 몸 안으로 스며들 것이라고 했다. 그리고 그것이 전부 몸에 흡수되면 그 능력을 가질 수 있는 것이라고 했다.

[이게 어떤 능력인지는 알 수 있을까?]

[그거야 지금으로써는 알 수 없지. 어차피 곧 알게 될 테니 걱정하지 말라고.]

주혁은 구슬을 어찌할까 하다가 손수건에 싸서 주머니에 넣었다.

"미스터 강."

멀리서 자신을 부르는 소리가 들렸다.

둘러보니 사람들이 장비를 정리하고 있는 게 보였다. 여기서 시간을 지체하고 있는 사이에 촬영이 끝난 모양이었다.

주혁은 자리에서 일어나서 먼지를 털고는 사람들을 향해서 걸어갔다.

그리고 의례적인 이야기를 나누고는 내일 다시 오겠다는

말을 하고는 돌아왔다.

주혁은 리리아 카르타와 저녁 식사를 하고 간단하게 와인을 마시면서 이야기를 나누었지만, 온통 정신은 구슬에만 가 있었다.

그래서 무척 즐겁고 좋은 분위기에서 만남이 끝났지만, 리리아 카르타는 이상하게도 특별한 느낌이 없는 그런 만남이었다고 생각했다.

주혁은 그녀가 그런 생각을 하든 말든 곧장 자신의 방으로 돌아와서는 구슬을 꺼냈다.

"확실히 작아진 것 같은데?"

아까는 어렸을 때, 흔히 가지고 놀던 구슬만 한 크기였다고 한다면, 지금은 그것보다 많이 줄어들어 있었다.

주혁은 구슬을 다시 손수건에 싸서 잠옷 주머니에 넣고는 잠을 청했다.

그리고 다음 날 깨어났을 때, 손수건 안에는 아무것도 남아 있지 않았다.

주혁은 도대체 어떤 능력일지 알고 싶어서 조바심이 들었다.

분명히 적을 상대하는 데 효과적인 능력일 것이다.

지금까지는 사실 적을 상대하기에 좋은 능력을 가졌다고 생각하기는 어려웠다.

"이 능력을 가지면 적을 상대할 수 있다고 했으니까 쓸 만한 능력이겠지."

주혁은 룸서비스로 온 아침을 간단하게 먹고는 옷을 챙겨 입었다.

*　　*　　*

몰타에서의 일정이 끝나는 마지막 날, 주혁은 드라마 관계자들과 가벼운 파티를 했다.

주요 배우들, 특히 피터와 많은 이야기를 나누었고, 리리아 카르타와도 많은 시간을 보냈다. 프로듀서들과도 작품이나 제작 관련된 이야기를 나누었고.

주혁은 살짝 취기가 있는 상태에서 잠이 들었다.

그리고 꿈속에서 백발의 남자를 보았다.

그는 자신을 알란이라고 소개했다.

"이렇게 얼굴을 보는 건 처음이로군그래."

"한국말을 정말 잘하시네요."

알란은 지금 이야기하고 있는 건 자신이 기운에 남긴 일종의 사념이라고 했다. 능력에 대해서 일러주기 위해서 일부러 이런 사념을 심어놓았다는 거였다.

"어떤 능력인지 궁금하겠지? 사실 나는 이 능력을 얻고 나서 크게 실망했다네."

알란은 자신의 아이와 어떻게든 관계를 개선하고 같이 살 수 있기를 원했다.

그래서 기억을 조작한다거나 그런 능력이 생기기를 바랐다. 그러면 모든 걸 원점으로 되돌릴 수도 있었으니까.

하지만 자신이 바라는 능력은 생기지 않았다.

오히려 알란으로 보면 최악의 능력이 생겼다.

그가 얻은 능력이 상대의 공격을 튕겨내는 능력이었기 때문이었다.

"이름을 뭐라고 해야 할지는 몰라서 명칭을 정하지는 못했네. 내가 새로 얻은 상자의 말로는 능력이 강해질수록 상대의 능력을 막고 그만큼 똑같은 피해를 상대에게 준다고 하더군."

알란은 첫 번째 상자를 조선에 남겨두고는 칠레에서 다른 상자를 얻었다.

그리고 그 상자를 사용하면서 이 능력을 얻었다.

적을 상대할 때는 굉장한 능력이다. 상대의 공격을 무력화시키고, 그만큼 피해를 돌려주는 거였으니까.

"그러면 그 능력이 정말 강해지면, 나는 전혀 피해를 입지 않고 상대만 피해를 입게 되겠군요."

알란은 고개를 끄덕였다.

만약 능력이 50%라고 가정해보자.

상대가 100이라는 힘으로 공격했다면, 50은 자신이 타격을 입고 50은 반사되어서 상대가 피해를 입게 되는 것이다.

그러니 50%만 되면 상대가 아무리 공격해도 서로 똑같은 피해를 입는 것이다.

그런데 그 이상 능력이 개발되면, 상대는 공격하면 할수록 오히려 자신이 더 큰 피해를 입는 그런 상황이 된다.

주혁은 정말 최고의 능력이라고 생각했다.

이런 능력이라면 완전히 개발만 된다면 무서울 것이 없을 것 아닌가.

"나는 사용할 수 없는 능력이었지. 내 아이를 다치게 하고 싶은 부모가 어디 있겠나."

그래서 알란은 능력을 개발만 하고 사용하지는 못했다. 그리고 주혁에게 남긴 거였다.

대신 그는 부탁을 했다.

"다시 이야기하지만, 그 아이를 해치지는 말아주게. 남아 있는 생이라도 편안하게 살아갈 수 있도록."

"그러죠. 그런데 그자가 누구인지 알려주시면 안 됩니까?"

알란은 빙긋 웃으면서 이야기했다.

"모든 것은 때가 있는 법. 너무 서둘지 말게. 때로는 모르고 있는 것이 더 좋은 결과를 가져오기도 한다네."

그러면서 알란은 이 능력은 수련하기가 그리 만만치는 않을 거라고 했다.

"한 가지 팁을 주자면, 정말 극한 상황에 내몰릴수록 능력이 빨리 성장할 걸세."

"녹초가 되도록 수련을 할수록 빨리 성장하는 것과 비슷한 개념인가 보군요."

"그렇다고 볼 수 있지. 자네라면 잘할 수 있을 걸세."

알란은 반드시 운명을 바꾸어야 한다고 이야기했다. 그는 지금 상태로 이어지면 주혁에게도 좋지 않은 일이 닥칠 거라고 하면서.

"운명은 개척할 수 있네. 내가 운명이 바뀌는 걸 직접 보았으니까. 그러니 앞으로 나아가게. 자네가 생각하는 방향으로."

그리고 무슨 이야기를 조금 더 했는데, 그 부분은 잘 기억이 나지 않았다. 소리가 갑자기 작게 들렸던 것 같기도 하고, 그다지 중요하지 않은 이야기였던 것 같기도 했다.

주혁은 자리에서 일어났을 때, 새로 얻은 능력을 어떻게 사용해야 하는지 알 수 있었다.

그냥 처음부터 알고 있었다는 듯 사용할 수 있었다.

그리고 그 능력이 어느 정도인지도 알 수 있었다.

"아직은 5% 정도인가? 빨리 능력을 개발해야겠어."

이 능력만 개발된다면 무엇이 두렵겠는가.

주혁은 상쾌한 표정으로 아침을 먹기 위해서 식당으로 내려갔다.

주혁이 의욕에 넘쳐서 앞으로의 일을 생각하는 사이 상자는 꿈속에서 본 것을 곱씹어보고 있었다. 물론 주혁에게는 들리지 않도록.

[나와 헤어지고 나서도 본 것이 많나 보군.]

자신과 연결이 되어 있을 때는 그가 본 미래를 상자도 볼 수 있었다. 하지만 자신과 연결이 끊어진 이후로는 알란이 무엇을 보았는지 알 길이 없었다.

[모든 것이 세팅되었고, 변수를 만들 요소도 전부 준비되었다고 했지.]

주혁이 어떻게 되든 자신과는 상관없었다. 어차피 자신은 2012년 12월 21일이 되면 다른 곳으로 가게 되니까.

[이제 2년도 채 남지 않았군. 과연 어떻게 이야기가 풀릴까.]

상자는 가능하면 주혁이 잘되었으면 좋겠다는 생각이 들었다. 알란만큼은 아니었지만, 제법 괜찮은 녀석이었기 때문이었다.

[과연 알란이 이야기한, 주혁에게 결정적인 도움을 준다

는 여자는 누구일까?]

상자는 알란이 마지막 남긴 말을 중얼거렸다. 주혁이 기억하지 못한 그 말을.

CHAPTER 61

두바이

한국으로 돌아온 주혁은 새로 얻은 능력을 키우는 데 전념했다. 이 능력만 충분히 개발된다면 어떤 상대도 걱정할 필요가 없다는 생각에 들뜬 상태로.

그래서 모든 일을 제치고 능력을 키우는 데만 열중했다.

그러면서 조만간 모든 문제가 해결되지 않을까 하는 생각을 가졌다. 그만큼 이번에 얻은 능력은 대단한 거였다.

하지만 주혁의 생각과는 달리 능력의 수치는 쉽게 올라가지 않았다.

주혁이 계속에서 매달렸지만, 며칠을 매달려도 숙련도는

병아리 오줌만큼 늘었다.

마치 게임에서의 기술과도 비슷했다.

저레벨에 얻는 기술은 숙련도가 금방 오르지만, 고레벨 기술의 숙련도는 죽어라 사용해도 오르는지 마는지 알 수 없지 않은가.

이번에 얻은 능력이 딱 그랬다.

정말 미친 듯이 매달려도 거의 티가 나지 않았다.

그래서 실망스럽기도 했지만, 한편으로는 기분이 좋기도 했다.

그만큼 좋은 기술이라는 의미니까.

그리고 꾸준히 수련을 하다 보면 숙련도는 높아질 것 아닌가.

끈기와 노력은 주혁에게 낯선 것이 아니었다.

"극한의 상황이라. 어떻게 하면 그런 상황을 만들 수 있을까?"

주혁은 알란이 준 팁을 활용하기 위해서 고민해 보았지만, 당장은 뚜렷한 것이 떠오르지는 않았다.

그리고 미국으로 건너가야 할 시간이 다가와서 그 준비도 해야 했다.

당분간은 한국에 들를 틈이 없을 테니 신경 써야 할 것들이 많았다.

잠깐만 외국에 나가 있더라도 준비하고 정리할 것들이 많았는데, 이번에는 최소한 몇 달은 외국에 있어야 한다. 그러니 일이 오죽 많겠는가.

외삼촌과 친척들에게 인사도 드렸고, 친한 사람들과 만나서 회포도 풀었다.

회사 일도 미리미리 챙겨서 해두었고, 집은 아무도 들어오지 못하게 철저하게 방비했다.

그리고 미래는 이지언에게 맡겼다.

지언이가 개를 워낙 좋아하기도 했고, 미래도 지언을 잘 따랐다.

"그러면 준비가 다 된 건가?"

하나씩 정리하다 보니 어느새 출국 날짜가 되었다. 그동안 바쁘게 지내느라 새로 얻은 능력의 숙련도를 높이는 데 약간 소홀했던 것 같았는데, 그래도 후회는 되지 않았다. 그만큼 자신이 만나서 시간을 함께한 사람들과의 기억도 소중한 거였으니까.

주혁은 마지막으로 천안에 있는 가족묘로 향했다.

자주 오겠다고는 했지만, 그러지 못한 것이 죄송하다는 마음이 들었다.

하지만 어디 그게 쉬운 일이던가.

주혁은 덩그렇게 놓여 있는 네 개의 봉분 앞에서 오랜만에 와서 죄송하다고 말하면서 절을 올렸다.

그리고 바닥에 털썩 누웠다.

아직은 겨울이라서 냉랭한 기운이 몸을 파고들었지만, 이렇게 하고 있으니까 조금이나마 가족들과 함께 있다는 기분이 들었다.

그리고 이곳에 오면 항상 그렇듯이 식사도 거르고 해가 저물어갈 무렵까지 무덤 사이에 누워 있었다.

"다녀올게요. 올 때 선물도 사 가지고 올게요. 저 없다고 너무 서운해하지 마세요."

주혁은 점점 어두워져 가는 하늘을 보다가 조용히 자리에서 일어서서 작별 인사를 했다.

그리고 천천히 산에서 내려왔다.

야트막한 산이었는데, 산 어귀에서 바라보니 오늘따라 무척 높고 멀게만 느껴졌다.

그렇게 주혁은 모든 일을 정리하고 미국행 비행기에 몸을 실었다.

* * *

"미스터 강. 시차 적응도 되지 않았을 텐데 조금 더 쉬지 그랬습니까."

"아니요. 괜찮습니다. 빨리 작품을 하고 싶어서 가만히 있을 수가 있어야지요."

주혁은 제프리와 브라이어언의 환대를 받으면서 사무실 소파에 앉았다.

그리고 작품과 관련된 이야기를 나누었다.

정말 이렇게 오래 쉬었던 적은 처음인 듯했다.

전에야 다음 작품이 끝나자마자 거의 새로운 작품에 들어갔었는데, 이번에는 정말 몇 달간 푹 쉬었다.

그래서 빨리 카메라 앞에 서고 싶다는 생각이 간절했다. 연기를 하고 싶어서 속에서 꿈틀거리는 욕망을 주체하지 못하고 있었다.

그런 걸 느끼면서 주혁은 역시나 배우가 자신의 천직이라는 걸 다시금 깨달았다.

"일단 일정은 나왔습니다. 첫 촬영은 두바이로 잡혔습니다."

주혁은 정말 기대가 되었다.

작품의 내용은 이미 숙지하고 있다.

부르즈 할리파. 세계에서 가장 높은 건물. 829.8미터나 되는 높이를 자랑하는 초고층 빌딩이다.

그런 장소에서의 액션이라니. 기대가 되지 않는다면 그건 거짓말일 것이다.

주혁은 곧바로 작품 이야기를 시작했다.

쉬면서 생각해 둔 것도 많았고, 궁금했던 내용도 제법 있었다.

셋은 이야기가 잘 통하다 보니 정말 이야기가 끝을 모르고 이어졌다.

전에는 전체적인 흐름이나 어떤 느낌으로 풀어갈 것인지에 대해서 주로 이야기를 나누었다면, 이제는 조금 더 세부적인 부분까지 이야기를 나누게 되었다.

그런데 이야기가 진행될수록 제프리와 브라이언은 조금 이상하다는 느낌을 받았다.

"미스터 강하고 이야기를 하다 보면, 이미 작품이 영상화가 되어서 머릿속에 들어 있는 것 같다는 느낌이 드네요."

제프리가 웃으면서 이야기했다.

작품에 대해서 잘 모르고 촬영에 들어가는 사람은 없다. 모두가 시나리오를 분석하고 별도로 시각화 작업도 한다.

한국에서는 주로 콘티를 사용하지만, 할리우드에서는 종종 애니메이션으로 미리 장면을 만들어보기도 한다.

엄청난 인력과 자본이 투입되는 작업이니 그렇게 해서라도 시행착오를 줄일 수 있다면 훨씬 이익이다.

그리고 전체적인 분위기나 느낌을 먼저 볼 수도 있고.

그런데 주혁과 이야기를 하다 보니 그는 이미 무언가를

머릿속에 그리고 있다는 느낌을 받았다.

대답을 하는 것이 아주 구체적이고 눈앞에 보이는 것같이 선명하게 설명했기 때문이었다.

그래서 농담처럼 그런 말을 던진 거였다.

그런데 주혁은 당연하다는 듯 대답했다.

"어느 정도는요. 배우하고 장소야 아는 정보가 있으면 더 자세하게 그릴 수 있고, 아니면 약간 흐릿하게 보이는 정도로 해서 그리고 있죠."

농담을 했던 제프리와 브라이언은 주혁의 대답을 듣고는 상당히 놀랐다.

쉽게 믿어지지 않아서 계속해서 이런저런 질문을 던졌다.

그리고 알 수 있었다.

주혁의 말이 사실이라는 걸.

그의 답변은 날카롭고 적절했으며, 뚜렷하고 명확했다.

"제작자로서 정말 갖고 싶은 능력이군요. 정말 부럽습니다."

시나리오가 평면이라면 그가 말하는 건 입체적인 거였다.

주혁의 이야기를 듣고 있자면, 작품의 느낌과 분위기가 시나리오보다 더 생생하게 느껴졌다.

본인이 영상화를 하지 않았는데, 다른 사람에게 그걸 알려줄 수 있겠는가.

그러니 주혁은 실제로 시나리오를 영상화를 하고 있는 거였다.

배우도 이런 능력을 가지고 있다면 좋겠지만, 제프리는 감독에게 가장 필요한 능력이라고 생각했다.

연출을 하는 입장에서 이런 능력이 있다면 얼마나 편하겠는가.

"설계도를 보면 그 건물이 그려진다는 사람은 들어보았는데, 시나리오를 보고 영상을 그린다는 사람은 처음 봅니다. 일부 장면이야 그럴 수 있지만, 전체를 다 그린다는 건 정말……."

브라이언은 감탄을 거듭했다.

그만큼 주혁의 이야기는 놀라운 거였다.

물론 그동안 자신들의 앞에서 대충 아는 척하는 사람도 있었다.

남자들 중에는 허풍이 센 사람이 얼마나 많은가.

개중에는 상당히 그럴듯하게 들리는 말을 하는 자도 있었다.

하지만 이야기를 해보면 무언가 빈틈이 있었다.

그렇게 진짜인지 아는 척하는 것인지는 이야기를 해보면

안다. 자신들도 이 일로 밥 먹고 사는 사람들 중에서 그래도 손꼽히는 사람들 아니던가.

둘은 주혁의 능력을 확인하고는 더욱 기대가 되었다.

'NG도 거의 없고 작품 해석하는 능력이 탁월하다고 하더니 다 이유가 있었군.'

'이러니까 그런 특별함이 있었던 거야. 정말 머릿속을 까 보고 싶네.'

둘은 분명히 주혁의 능력이 작품에 큰 도움이 되리라 생각했다.

* * *

두바이는 정말 놀라운 도시였다.

그리고 부르즈 할리파는 그중에서도 아주 특별한 느낌을 주는 건축물이었다.

"정말 높긴 높네요. 그나저나 당국에서 괜찮다고 하던가요?"

"오히려 적극적이더라고. 공짜로 전 세계에 알릴 수 있는 기회니까."

사실 약간의 문제가 있을 수도 있었다.

주혁이 건물 밖에서 액션을 하기 위해서는 여러 가지 장비가 필요했다. 안전 장비가 무엇보다도 우선이었다.

"일단 올라가 보죠."

주혁과 일행은 준비가 한창인 144층으로 올라갔다.

144층은 아직 텅 비어 있었다. 아직 공사가 끝나지 않았기 때문이었다.

덕분에 빈 공간이 많았고, 거기에는 각종 장비들이 쌓여 있었다.

"공사가 끝나지 않은 게 이럴 때는 좋군요."

"그렇긴 하지. 사실 매일 장비들을 가져왔다가 가져가고 하려면 보통 일이 아니니까."

생각만 해도 끔찍한 일 아닌가.

여기는 144층이다.

그 짓을 매일 하라고 하면 일을 때려치우는 사람이 있을지도 몰랐다.

그런 편의 덕분에 일은 줄였지만, 그렇다고 시간이 많은 건 아니었다.

대략 보름 정도의 시간밖에 없으니 그 안에 빨리 촬영을 마쳐야 했다.

그런데 그들이 올라갔을 때, 작은 소란이 있었다.

"안 됩니다. 더 이상 창문은 뗄 수 없습니다. 이미 붙여놓은 창문을 왜 자꾸 떼려는 겁니까. 그리고 창문을 자꾸 떼면 안전 문제도 있습니다."

당국 관계자로 보이는 사람이 단호한 목소리로 말하고 있었다.

이야기를 들어보니 아무래도 창문을 더 떼어내야 촬영이 순조로울 것 같아서 그 문제를 협의하는 데 강하게 반대를 한다는 거였다.

사실 촬영을 하기 위해서는 당연히 창문을 제거해야 했다.

그래서 처음에는 몇 개의 창문을 떼는 것으로 이야기를 했다.

다른 것도 있지만, 일단 배우도 밖으로 나가기 위해서는 공간이 필요했으니까.

촬영이 이루어지는 곳은 144층이다.

만약 창문이 아니라 꼭대기에서 내려온다고 한다면 시간도 오래 걸리고 촬영도 어려울 것이다.

그래서 이미 붙여놓은 창문을 떼어버렸는데, 그것만으로는 부족했다.

"일단 진정하고 차분하게 이야기를 해보자고."

감정이 격앙된 상태에서는 이야기를 해봐야 소용없다. 오히려 상태만 더 악화될 뿐이다.

그러니 일단 상대를 진정시킬 필요가 있었다.

제프리와 브라이언은 당국 관계자와 잠시 자리를 옮겼다.

주혁은 준비 상태를 보면서 어떤 식으로 액션이 이루어질지 생각하고 있었는데, 한참 뒤에 좋지 않은 표정을 한 채 제프리와 브라이언이 돌아왔다.

"이야기가 잘되지 않았나 보군요."

"아무래도 쉽지는 않을 것 같은데? 가뜩이나 장비를 설치하느라 여기저기 구멍을 뚫고 해서 심기가 좋지 않은 상태에서 창문까지 더 뗀다고 하니까 더 그러는 모양이야."

장비를 고정하려면 구멍을 뚫어야 할 경우도 있다. 있는 정도가 아니라 많다.

그것도 어렵다는 걸 윗선을 설득해서 겨우겨우 가능하게 했다.

제작진 입장에서야 당연한 일이었다. 안전 장비 같은 걸 설치하려면 당연히 구멍을 뚫어야 할 것 아닌가.

하지만 당국 관계자 입장에서는 마음에 들지 않았던 모양이었다. 건물의 안전 문제도 그렇고 혹시라도 사고가 날 수도 있는 문제였으니까.

그리고 윗선에서 지시가 내려온 것에 심사가 뒤틀렸던 모양이었다.

실무자에게 가장 짜증이 나는 일이 뭐겠는가. 윗선에서

갑자기 지시가 내려오는 것이다.

제작진 입장에서는 그것이 빠른 해결책이라고 생각해서 그리한 거였는데, 그 대가를 톡톡히 맛보고 있는 셈이었다.

"안전 문제는 없나요?"

"기술자들로부터 안전하다고 확인까지 다 받았는걸."

제프리는 입술을 잘근잘근 깨물었다.

다른 게 아니라 시간이 부족해서였다.

만약에 당국 관계자가 허가를 해주지 않고 차일피일 시간을 끌면 큰 문제였다. 건물 개장에 맞추어 공사를 완료해야 했으니까.

자신들이 촬영하는 144층도 마무리를 해야 할 것 아닌가.

"저번에 이야기했다던 그 윗선은요?"

"그것도 조금 까다롭게 되었어. 영화를 촬영하는 걸 반대하는 사람들도 있는 모양이야. 그래서 다시 나서는 건 어렵다고 하더라고."

제프리와 브라이언은 스태프들과 회의를 했다.

창문을 떼어내지 않고 촬영하는 방안과 여러 가지 아이디어를 놓고 의견을 교환했다.

하지만 주혁이 보기에도 가장 쉬운 방법은, 창문을 제거하고 장비를 충분히 설치한 다음 촬영하는 거였다.

정답은 항상 아주 단순한 경우가 많다.

주혁은 잠시 고민하다가 사람이 없는 곳으로 움직여서는 핸드폰을 꺼냈다.

—오랜만입니다, 마스터. 영화를 찍는다는 이야기는 들었는데, 촬영은 잘하고 계신지요.

윌리엄 바사드의 쾌활한 목소리가 핸드폰 너머로 흘러나왔다.

주혁은 차분하지만 단호한 목소리로 대답했다.

“그 촬영에 조금 문제가 있어서 말이야. 신경을 좀 써주었으면 하는 게 있군.”

주혁은 창문 문제를 이야기했다.

안전 관련해서는 확실하게 조처를 할 테니 바로 작업에 들어갈 수 있게 했으면 좋겠다고 이야기했다.

“촬영을 하는데 시간이 넉넉하지 않다고 하더군. 그래서 바로 작업을 할 수 있게 했으면 좋겠어. 가능하겠나?”

—마스터. 윌리엄 바사드의 이름을 너무 가볍게 보시는 것 같습니다. 더구나 제가 움직이는 자본이 대부분 중동 자금이라는 거 잘 아시지 않습니까.

윌리엄 바사드는 지금 바로 조처를 하겠다고 말했다.

그리고 통화를 마친 윌리엄 바사드는 아랍 에미리트의 국왕에게 연락을 했다.

전 세계적으로도 윌리엄 바사드를 무시할 수 있는 사람은 없지만, 특히나 중동에서 그의 영향력은 더욱 컸다.

그는 아랍 에미리트의 국왕과도 두터운 친분이 있었다. 할리우드 관계자들이 머리를 굽히고 찾아오기를 기다리고 있었던 관계자는 국왕의 전화를 받고는 혼비백산했다. 자신이 태어나서 처음 받는 국왕의 전화였다.

그는 무슨 말을 했는지 기억도 하지 못했다.

그저 알았다는 말과 곧바로 조치하겠다는 말만 계속한 것 같았다.

주혁이 도착해서 처음 맞이했던 소동은 그렇게 마무리되었다.

"우와. 정말 높긴 하네. 떨어지면 정말 뼈도 추리지 못하겠는데?"

주혁은 안전 장비인 하네스를 하고 창문 밖으로 아래를 내려다보면서 중얼거렸다.

* * *

감독인 브래드는 유리창이 제거된 공간을 바라보면서 다행이라는 생각을 했다.

확실히 저렇게 유리창을 떼어내고 나니 촬영이 훨씬 용

이하게 되었다.

혹시나 허가가 빨리 나지 않으면 어쩌나 걱정을 했었는데, 다행스럽게도 바로 당일에 연락이 와서 차질 없게 진행할 수 있었다.

"몇 개나 뗀 거지?"

"음. 스물여섯 개군요. 필요한 만큼 제거해도 좋다고 해서 하긴 했는데, 너무 많이 했나요?"

"뭐 그쪽에서 허락한 거니까."

갑자기 왜 상황이 바뀌었는지는 모르겠지만, 굉장히 협조적으로 나왔다. 오늘은 고위 관리가 방문한다고 하는 걸 보니, 위에서 누군가가 관심을 갖는 모양이었다.

"우리야 촬영하기 좋으면 그만이지."

감독은 오늘 촬영에 대해서 생각했다.

원래는 컴퓨터 그래픽으로 처리하는 걸 생각했었다.

하지만 주혁이 강하게 반대했다. 기술이 많이 발전하기는 했지만, 직접 액션을 하는 쪽이 훨씬 좋은 장면을 만들 수 있다고.

그래서 부르즈 할리파에서의 촬영이 결정되었고, 약간의 잡음은 있었지만 모든 준비가 끝났다.

그리고 지금은 본격적인 촬영에 앞서 테스트를 하고 있었다.

"잠깐만요. 여기 이 선 밖으로 나가려면 하네스를 해야 합니다."

말소리에 고개를 돌려보니 스태프가 촬영 현장을 보러 온 아랍 에미리트 고위 관리를 제지하고 있는 게 보였다.

관리가 서 있는 곳에는 붉은색 선이 그어져 있었고, 커다랗게 경고 문구도 붙어 있었다. 이 선 밖으로 나가려면 반드시 안전 장비를 해야 한다는 내용이었다.

고위 관리는 고개를 끄덕이며 알았다고 하고는 안전 장비를 했다.

붉은 선 안에는 촬영 팀을 포함해서 제법 많은 사람들이 있었는데, 모두 안전 장비를 착용하고 있었다.

고위 관리는 고개를 두리번거리면서 주혁이 어디에 있는지 찾았지만, 그의 모습은 보이지 않았다.

그는 국왕의 지시를 받고 이곳에 온 자였다. 현장을 가보고 어떻게 진행되는지, 특히 주연배우에 대해서 잘 알아보고 오라는 임무를 부여받아서 주혁을 찾고 있는 거였다.

그때였다. 무언가가 휙 하고 관리의 눈앞을 지나간 것이.

관리는 고개를 돌려 보니 한 남자가 건물 밖에서 줄에 매달린 채 빠르게 움직이고 있었다. 좌우로 거의 날아다니듯 움직였는데, 보는 사람의 가슴이 덜컥 내려앉을 정도로 위험해 보였다.

아래를 내려다보면 사람은 너무 작아서 잘 보이지도 않는 곳이 이곳이다.

아무리 안전 장비를 했다고 하더라도 인간의 본능이란 것이 있다.

높은 곳에 있으면 당연히 움츠러들게 된다.

관리는 고소공포증은 없었지만, 제아무리 돈을 많이 준다고 하더라도 건물 밖에 매달려서 저런 행동을 하지는 못할 거라고 생각했다.

그리고 주혁의 행동에 다른 사람들도 모두 깜짝 놀랐다.

그저 어느 정도 움직일 수 있는지 불편한 점이나 보완할 건 없는지 점검하기 위해서 나간 거였다. 이렇게까지 붕붕 날아다니면서 사람을 놀라게 할 줄은 꿈에도 몰랐다.

그래서 주혁이 테스트를 마치고 안으로 들어왔을 때, 감독은 고개를 내저으면서 이야기를 했다.

주혁은 아주 만족스러운 표정이었는데, 다른 사람들의 표정은 한숨 놓았다는 표정이었다.

"아니 그렇게까지 움직일 건 없잖아. 그냥 테스트인데 말이야. 깜짝 놀랐다고."

"기왕이면 확실하게 하는 편이 좋잖아요. 어차피 감각도 좀 익혀야 하고."

주혁이라고 떨리고 무서운 걸 왜 느끼지 못하겠는가. 처음에는 밖에 나가는 것조차 떨렸다.

밖으로 나가고 나서도 심리적으로는 상당한 압박감을 받았다.

안전 장비를 하고는 있었다. 하지만 그렇다고 떨어지는 것에 대한 공포가 완전히 없어지지는 않는다.

그런데 그 순간 묘한 생각이 들었다. 이런 상황에서 새로 얻은 능력을 수련하면 어떨까 하는 생각이었다.

이런 건 정말 어디 가서 일부러 하고 싶어도 할 수 없는 그런 경험이었다. 144층 건물 밖에서 줄에 매달려서 움직이는 경험을 어디 가서 할 수 있겠는가.

그래서 곧바로 확인 작업에 들어갔다.

처음에는 별다른 차이가 없는 것 같았다. 그런데 점점 힘차게 움직이고, 그만큼 위험하다는 느낌이 들자 상황이 변했다.

확실히 효과가 있었다.

위험하다고 느끼면 느낄수록 효과는 컸다.

그래서 점점 더 힘차게 움직였고, 나중에는 정말 보는 사람이 기겁을 할 정도로 위험한 장면까지 보이게 되었다.

주혁은 이 기회를 최대한 이용해야겠다고 마음먹었다. 촬영도 하고 효과적인 수련도 하고 일거양득 아닌가.

더구나 주혁에게는 좋은 상황도 있었다.

"한번 나가면 촬영이 마무리될 때까지는 매달려 있어야겠죠?"

"아마도. 최대한 신속하게 촬영할 수 있게 신경을 쓰지."

한 장면을 촬영하는 데 몇 번을 찍어야 할지는 아무도 모른다.

만족할 만한 장면이 나올 때까지 찍는 거니까.

서너 번에 오케이가 떨어질 수도 있고, 하루 종일 찍어도 원하는 장면이 나오지 않을 수도 있다.

그러니 상당한 시간을 밖에 있어야 할 것이다.

주혁은 마침 잘되었다고 여겼다. 이 기회에 숙련도를 팍팍 올리겠다는 의욕에 불타올랐다.

다시는 오지 않을 수도 있는 기회였으니까.

"제 걱정은 하지 마세요. 나가서 움직여 보니까 괜찮은 것 같아요."

주혁은 자신은 얼마든지 밖에 있을 수 있으니 촬영에만 신경 쓰라고 말했다.

브래드는 연신 혀를 내둘렀다. 정말 담대한 배우라는 생각이 들어서였다.

자신은 안전 장비를 하고도 떼어낸 창문 근처로 가기도 싫었다. 근처만 가도 발이 잘 떨어지지 않았고, 숨이 가빠졌다.

다른 배우들이나 스태프들도 상황은 비슷했다.

창문이 없으니 외벽까지 가서 아래를 보는 것도 꺼렸다.

그런데 주혁은 건물 내부도 아니고 밖에서 있는 것에 전혀 개의치 않고 있었다.

감독은 엄지를 치켜세우며 주혁의 자세를 높이 평가했다.

"어차피 하네스를 하면 다리의 대동맥이 눌려서 오래 있을 수는 없어. 조금이라도 이상이 있는 것 같으면 바로 이야기하라고."

"문제가 될 것 같으면 제가 신호를 보낼게요. 하지만 일단은 최대한 익숙해져야 할 것 같아요. 이단 헌트는 이런 일에 전문가니까."

이런 장면은 주인공의 멋지고 과감한 액션이 필요하다.

보는 사람이 아슬아슬해서 긴장을 하면서도 주인공이 정말 잘한다는 생각도 해야 느낌이 산다.

주인공은 뛰어난 능력을 가진 최고의 첩보원이니 그래야 했다.

그래서 주혁은 그런 부분도 신경을 쓰면서 동시에 수련도 병행할 생각이었다.

"좋아. 한번 해보자고."

주혁은 다시 밖으로 나가기 전에 장비를 체크했다. 여기

저기 꼼꼼하게 체크를 했는데, 팔에 낀 장비에 약간 문제가 있는 걸 발견했다.

아마도 아까 격렬하게 움직이다가 어딘가에 긁혀서 약간 뜯어진 모양이었다.

주혁은 바로 이야기했다.

"팔에 낀 장비에 약간 문제가 있어요."

—지금 교체해야 하는 겁니까?

무선 장치로부터 소품 담당자의 목소리가 들려왔다.

"그럴 필요는 없어요. 하지만 나중에 팔이 클로즈업되는 부분에서는 문제가 될 수도 있으니까 이번 촬영을 마치고는 교체해야 할 것 같네요."

—만들어놓은 것이 있으니까 들어오면 바로 교체할 수 있게 준비를 해놓죠.

"오케이. 그럼 밖으로 나갑니다."

주혁은 사람들의 도움을 받아 밖으로 나갔다.

그리고 첫 촬영을 시작했다.

그리고 당연히 예상된 일이었지만, 실제로 촬영을 하는 시간보다 밖에 매달려 있는 시간이 더 많았다.

그리고 주혁은 그런 상황을 무척이나 만족스러워했다.

* * *

브래드는 굉장히 만족스러웠다.

자신이 생각했던 것보다 훨씬 영상이 좋았다.

주혁의 움직임은 확실히 무언가가 있었다.

그의 움직임과 표정은 사람의 시선을 끌어당기는 마력 같은 게 있었다. 그것도 아주 강한 마력이.

이런 장면을 촬영할 때 가장 필요한 건 빠르고 신속하게 판단하는 것이다.

제약이 무척 심한 촬영이었다.

배우도 장시간 매달려 있기 어려운 상황이었고, 밖에서 촬영하는 헬기도 마냥 떠 있을 수만은 없다.

그러니 감독이 제대로 판단을 내리지 못하면 촬영 자체가 엉망이 되어버릴 수 있었다.

그래서 촬영에 들어가기 전에 무척이나 고민이 되었다. 과연 모두가 충분히 만족할 만한 장면을 얻을 수 있을까에 대한 의문이 들었으니까.

하지만 대만족이었다.

촬영이 순조롭게 진행된 것에는 주혁의 능력이 대부분이었다고 보아도 무방했다.

그가 아니었다면 이렇게까지 좋은 장면이 나오지 않았을 것이다. 그는 아주 특별하고 놀라운 능력을 가진 첩보원의 모습을 생생하게 보여주었다.

"휘유~ 정말 에너지가 넘치는 것 같아. 그렇지 않아?"

감독은 화면을 보면서 중얼거렸다.

확실히 젊은 배우라서 그런지 액션이 힘차고 파워 있어 보였다.

그리고 체격도 아주 좋아서 같은 동작을 해도 시원시원한 맛이 있었다.

"그럼요, 브래드. 확실하게 달라요. 벌써 영상에서 생동감이 넘치잖아요."

방금 잡아 올린 물고기가 물방울을 사방으로 튕기면서 펄떡거리는 느낌. 영상을 보고 있으면 그런 느낌이 들었다. 정말 액션이란 게 이런 맛이 있어야 한다는 걸 보고 나니 알 수 있었다.

"오케이. 이제 강은 들어오고 다음 준비 들어갑시다."

감독이 드디어 오케이 사인을 냈다.

사실 그전에도 괜찮은 것 같다는 이야기를 했는데, 주혁이 조금 더 가보자고 말을 꺼내서 몇 테이크를 더 간 거였다.

이제 장면에 몸이 적응해서 더 좋은 액션이 나올 것 같다고 말하니 감독으로서야 감사할 따름이었다.

그리고 실제로 더 좋은 액션이 나왔다. 만약 전체 일정에

차질이 있었다면 과감하게 안으로 불러들였을 터이다.

하지만 주혁의 활약으로 일정에는 문제가 없는지라 주혁의 제안을 받아들인 거였다.

"나이스."

주혁이 들어오자 감독이 손뼉을 치면서 그를 맞이했다. 스태프들도 휘파람을 불고 손뼉을 치면서 환호했다.

주혁은 안전 장비를 풀고 사람들에게 수고했다고 말하면서 가벼운 농담을 던지기도 했다.

주혁이 국내 촬영장과 가장 차이가 있다고 느낀 건 사람들이 이런 식으로 환호하고 박수 치고 하는 게 일상적이라는 거였다. 다들 유머러스하고 감정 표현도 스스럼없이 적극적으로 했다.

그래서 촬영장은 항상 활기차고 에너지가 넘쳤다.

주혁은 이런 분위기는 참 좋다고 느껴졌다. 서로 기운을 북돋고 분위기도 좋아졌으니까.

그래서 이런 건 국내에서도 좀 따라 했으면 좋겠다는 생각이 들었다. 그러면 훨씬 서로 힘을 받으면서 일할 수 있을 것 같았으니까.

주혁도 계속해서 사람들과 이야기를 나누고 농담도 하면서 촬영장 분위기에 적응해 나갔다.

사람들도 몸을 사리지 않고 고층 빌딩에 매달려서 어려

운 액션을 소화하는 주혁에게 다들 찬사를 보냈다.

"그러면 푹 쉬고 내일 보자고."

숙소에 와서 일행과 헤어진 주혁은 자신의 방에 들어가 샤워를 했다.

그리고 바로 잠을 청할까 하다가 자리를 잡고 이번에 얻은 능력을 수련하기 시작했다.

"하아~"

하지만 이내 수련을 멈추고 말았다. 너무 비교가 되기 때문이었다.

빌딩에 매달려서 수련을 할 때는 그래도 조금씩이나마 숙련도가 오르는 게 느껴졌다.

특히나 거꾸로 매달려서 아래를 내려다보면서 하면 효과가 아주 좋았다.

간혹 바람이 불어서 생각지도 않게 흔들거리기라도 하면 가슴이 덜컹거렸으니까.

이렇게 계속하다가는 심장에 무리가 오는 게 아닌가 싶을 정도였다.

하지만 효과가 워낙 끝내주니 아주 만족스러웠다.

그런데 방에서 하는 건 아무런 효과도 없었다. 아니, 아주 미미하게 효과가 있을 것이다. 하지만 이미 효과가 좋은 수련 방법을 찾았는데, 이러고 있으려니 답답했다.

그렇다고 숙소 밖에 매달려서 수련을 할 수도 없는 일이고.

"이제 10% 정도인가? 일단 숙소에서는 그냥 쉬어야겠다."

주혁은 일단 숙소에서는 휴식을 취하고 촬영을 할 때 조금이라도 더 효과적으로 수련하는 방법을 연구하기로 결정했다. 아까 감독이 괜찮은 것 같다고 말했어도 촬영을 더 하자고 한 것처럼.

"그럼 또 처음부터 실력을 다 보이지 말고 갈수록 잘해야 하는 건가?"

벌써 이곳에서 촬영을 한 지도 10일이 되었다. 대략 앞으로 일주일 정도 더 있을 예정이었는데, 그동안 최대한 뽑아 먹어야겠다고 생각했다.

그리고 그 시각 LA에서는 일일 시사가 이루어지고 있었다. 모든 영화가 다 그런 건 아니었지만, 이 영화는 찍은 필름을 바로 LA로 보내서 현상을 하고 그 필름을 가지고 관계자들이 바로 모여서 보았다.

무슨 문제점이 있는지, 보완이나 개선해야 할 사항은 있는지 바로 판단을 해야 했으니까. 하지만 두바이에서 온 필름을 본 사람들은 상당한 만족감을 표시했다.

"확실히 분위기가 다르군요. 무척 마음에 듭니다."

"액션이 이렇게 짜릿하고 시원한 맛이 있어야지요."

관계자들은 전작보다 훨씬 좋아졌다고 말했다.

"007 시리즈도 로저 무어가 맡으면서 황금기를 맞이한 거 아니겠습니까. 이 시리즈도 아마 그렇게 되지 않을까요?"

"아직 촬영 초반이라 판단하기는 이른 것 같습니다. 하지만 가능성은 충분히 보이는군요."

관계자들은 은근한 기대감을 표시했고, 일 때문에 LA로 돌아온 제프리는 여유로운 미소를 얼굴에 지으며 대답했다. 주혁을 캐스팅하기를 정말 잘했다고 생각하면서.

* * *

"이거 할 일이 없으니 영 어색하군요."

데이비드는 촬영 현장을 보면서 이야기했다.

그는 전문 산악인으로 부르즈 할리파에서의 액션을 위해서 특별히 초빙된 사람이었다.

하지만 실제로 그가 이곳에서 한 일은 많지 않았다. 그저 몇 번 시범을 보여준 것이 전부였다.

그것도 촬영 초반부에만 했다. 그 이후로는 그럴 필요가 없어졌으니까.

주혁이 워낙 잘해서 지금처럼 계속 지켜보는 일만 하게 되었던 거였다.

“영상으로는 훌륭하기는 한데, 실제 전문가가 보기에도 그런가요?”

브래드는 개인적인 호기심에 물어보았다.

촬영과는 상관없는 질문이었다. 자신은 최고의 영상만 찍을 수 있으면 된다고 생각하고 있었으니까.

하지만 그런 호기심이 드는 건 어쩔 수 없었다.

“제가 없어도 될 정도죠. 이미 LA에서 연습을 할 때 전문가에 버금가는 실력이었어요. 운동신경이 정말 대단하더군요.”

감독인 브래드의 말에 데이비드는 살짝 목소리가 커지면서 대답했다.

처음에는 배우에게 그런 스턴트를 가르쳐야 한다고 했을 때, 조금 막막하기도 했었다.

하지만 그런 걱정은 쓸데없는 거였다.

주혁의 운동신경은 자신도 처음 보는 놀라운 것이었다.

게다가 끈기와 노력하는 자세도 아주 좋았다. 연습을 할 때도 정말 열정적으로 임했는데, 그래서 가르치는 자신이

흥이 날 정도였다.

타고난 재능에 열정과 노력까지. 그러니 실력이 붙지 않을 리가 있겠는가.

자신이 이곳까지 온 것은 실전에서 혹시라도 무슨 문제가 생기지 않을까 해서였다.

연습 때는 잘하던 사람이 실전에서 약한 경우가 있다.

더구나 실내 연습장에서 하던 것과 이렇게 초고층 빌딩의 외벽에서 움직이는 게 같을 수가 있겠는가.

하지만 처음에는 다소 적응 시간이 필요했지만, 이내 주혁은 완전히 감을 잡았다.

이제는 자유롭게 액션을 선보이는 건 물론이고, 자신이 먼저 나서서 의견을 내놓고 있었다.

—브래드, 어때요?

주혁의 목소리가 무전기를 통해 들렸다. 액션을 마치고 건물 안쪽으로 들어온 모양이었다.

브래드는 곧바로 응답했다.

"좋은 것 같아."

—바깥으로 조금 더 크게 돌면 어떨까요?

"지금보다 더 크게? 흐음, 괜찮을 것 같은데. 그러면 한 번 더 가보자고."

브래드는 다시 촬영하기로 결정하고는 곧바로 준비에 들

어갔다. 시간이 많지 않으니 한두 번 정도 더 촬영하면 잠시 촬영이 멈추어야 할 것 같았다.

사람들이 일사불란하게 움직였고 준비는 곧 끝났다.

"액션."

브래드의 말에 주혁이 밖으로 나가면서 건물을 박차고 허공에 매달렸다. 그리고 조금 전보다 훨씬 더 큰 원을 그리면서 움직였다.

데이비드는 그 장면을 보면서 휘파람을 불었다.

브래드는 만족스러운 표정으로 컷을 외쳤다.

"헬기 좀 체크해 봐. 시간이 얼추 되어가는 것 같으니까."

브래드는 옆에 있는 스태프에게 헬기 상황을 체크하라고 지시했다.

스태프는 곧바로 헬기와 교신을 했다.

"필름 어때요?"

—끝나가요. 갈아줘야겠어요.

이 영화는 아이맥스 필름으로 찍고 있었다.

헬기 앞부분에도 카메라를 달고 촬영하고 있었는데, 이게 아주 고약했다. 아이맥스 필름은 소모되는 속도가 아주 빠르다. 그래서 30분 정도 촬영을 하면 필름을 갈아주어야 했다.

여기서야 바로 카메라의 필름을 교체하면 되지만, 헬기 앞에 달린 카메라의 필름은 어떻게 하겠는가. 헬기가 착륙하면 사람이 갈아주어야 했다.

그리고 그 시간 동안 주혁은 밖에 매달려 있어야 했고.

하지만 그 시간도 주혁은 멍하니 있는 법이 없었다. 어려운 자세를 취하면서 계속해서 무언가를 연습했다.

지금도 거꾸로 매달렸다가 이리저리 흔들기도 하고 자세를 바꾸면서 연습을 하고 있었다.

"미스터 강은 쉬는 법이 없군요. 대단한 사람입니다."

데이비드는 분야도 다르고 나이도 자신보다 어리지만, 정말 본받을 만한 사람이라고 생각했다. 적당히 하는 게 없었다. 그리고 꾸준했다.

자신이 지금까지 살아오면서 저 정도로 열심히 하는 사람은 본 적이 없는 것 같았다.

주혁은 헬기가 필름을 가는 시간이 너무 즐거웠다. 그 시간은 온전히 수련을 할 수 있는 시간이 되었기 때문이었다.

그렇다고 편안하게 수련을 하고 있는 건 아니었다. 정신적으로나 육체적으로나 상당한 압박이 있었다.

지금도 그렇다. 안전 장비인 하네스를 하고 있으면 다리의 경동맥이 눌린다. 그러면 처음에는 조금 저리다가 점점 감각이 없어진다.

주혁은 정말 참을 수 있을 때까지 참았다. 그리고 그럴수록 숙련도는 잘 올라갔다.

그렇지만 그렇게 할 수 있는 시간은 그리 길지 않았다. 특별하다고는 하지만 주혁도 인간이다.

참을 수 있는 한계라는 것이 엄연히 존재한다.

그래서 한계에 가까워질수록 더욱 숙련도를 높이는 데 집중했다.

잠시 후, 테이프를 바꾼 헬기가 다시 돌아왔고, 촬영이 시작되었다.

그리고 그날 촬영도 무사히 마칠 수 있었다. 아주 만족스러운 장면을 얻을 수 있었고, 필름은 곧바로 LA로 보내졌다.

"저번에 촬영한 건 어떻다고들 해요? 특별한 이야기가 있었나요?"

장비를 모두 떼어내고 주혁은 감독에게 다가와서 오늘 촬영한 부분에 관해서 이야기를 나누었다.

그리고 필름을 싸는 걸 보고는 문득 생각이 나서 물었다.

"최고지. 특별한 편집을 하지 않았는데도 굉장한 반응이었다고 하더군."

브래드는 수고를 한 주혁에게 엄지를 세우면서 말했다. 정말 이런 배우와 작품을 같이할 수 있다는 것이 즐거웠다.

"오늘이 월요일이니까 내일 항공편으로 보내면, 수요일 아침에는 LA에 도착하겠군요, 브래드."

"그렇지. 목요일에는 필름이 어떤지 보고 있을 테고 말이야."

그날 찍은 필름은 바로 LA로 보내고 있었다.

브래드는 오늘 촬영한 장면에 관해서 잠시 이야기를 하다가 갑자기 무엇이 생각난 듯 껄껄 웃었다.

"마스크가 만들어졌다고 하더군. 프라하에서 사용할 마스크 말이야."

"그래요? 솔직하게 말해서 그 부분이 조금 걸리기는 하던데……."

이미 전작에서 활약한 배우가 있었다. 그래서 배우가 바뀌는 걸 관객들에게 설득할 필요가 있었다.

그래서 기존의 시나리오가 약간 바뀌었다.

교도소에서 탈출하면서 이단 헌트의 얼굴이 바뀌는 거였다.

"그러니까 구출하자마자 DNA 검사를 하는 장면이 설득력이 있는 것이지. 그리고 러시아 장군으로 변장하는 것도 그래서 더 신경 쓰고 있는 것이고."

원래 시나리오에도 구출하자마자 홍채와 DNA 검사를 하는 장면이 있었다.

그런데 주혁으로 얼굴이 바뀌는 것으로 하니 그 장면이 더욱 설득력 있게 보였다. 본얼굴은 알 수 없으니 홍채와 DNA로 그가 진짜 이단 헌트인지를 확인한다는 거였으니까.

“저도 러시아 장군으로 변장하는 게 굉장히 중요하다고 생각이 되더라고요.”

주혁은 거기가 중요한 포인트라고 생각했다.

만약 러시아 장군으로 바뀌는 게 아주 자연스럽게 보인다면 관객들은 그렇게 생각할 것이다. 이단 헌트는 얼굴을 자유자재로 바꿔가면서 활동하는 첩보원이라고.

그래서 러시아 장군으로 바뀌는 것에도 상당한 신경을 쓰고 있었다.

처음에는 가벼운 분장만 하고 갈 예정이었는데, 지금은 상당히 공을 들여 준비를 하고 있었다.

아예 전혀 다른 인물로 변할 수 있다는 걸 보여줄 생각에서 그런 거였다.

그리고 그렇게 한 것에는 제작자들의 또 다른 속셈도 있었다. 미션 임파서블은 분명히 매력적인 시리즈였다.

주혁이 출연한 이번 시리즈가 성공하든 아니든 5편은 제작될 것이다.

제작자들은 그때를 염두에 두고 있었다.

이번 작품이 대성공을 거두어서 주혁이 계속 시리즈를 끌고 나가면 가장 좋은 시나리오이다.

하지만 시리즈가 계속되다 보면 주혁도 나이를 먹을 것 아닌가.

그러면 또다시 배우를 바꾸어야 할 수도 있다.

그리고 이번 시리즈가 신통치 않아서 배우를 바꾸어야 할 경우도 아예 생각하지 않을 수는 없다.

그런데 얼굴을 자유자재로 바꾸고 진짜 얼굴이 무엇인지는 아무도 모르는 그런 신비로운 첩보원이라는 설정이라면 새로운 배우를 투입하는 데 제약이 줄어든다.

물론 주혁도 그런 속셈을 어느 정도는 눈치채고 있었다. 하지만 그런 정도는 이해할 수 있었다. 만약을 대비하는 걸 나쁘다고 생각할 수는 없는 거니까.

주혁은 이번 작품만 생각했다. 그리고 그 장면이 충분히 개연성 있고 설득력 있게 그려질 수 있도록 할 생각만 했다.

* * *

부르즈 할리파에서의 촬영이 끝나자 주혁은 무척이나 아쉬웠다. 숙련도를 높이는 것도 즐거운 일이었지만, 건물의 바깥에서 보면 정말 멋진 광경을 볼 수 있었다.

그건 건물 안에서는 느낄 수 없는 그런 것이었다.

자신의 다리 아래로 세상이 펼쳐져 있는 그 느낌은 무어라고 설명할 수 없는 기분을 선사했다. 세상의 정점에 올라 있는 느낌이라고 할까.

그리고 저 멀리 보이는 도시와 사막들이 자신의 발아래 조아리고 있다는 생각이 들어서 묘한 기분이 되었다.

"정말 처음에는 무시무시하더라고."

"처음에는 창문에서 멀리 떨어져서 찍었잖아요."

촬영을 마친 배우들이 모여서 이야기를 나누고 있었다.

처음에는 다들 무서워서 창 근처로 가지도 못했다. 하지만 촬영이 진행될수록 점점 창에 가까이 다가가게 되었다.

"처음에는 건물이 아니라 비행기에서 내려다보는 것 같은 기분이 들었다니까?"

"그렇지. 여기서 떨어지면 바닥에 도착하기 전에 친구하고 전화 통화도 할 수 있을 거야."

사람들은 이제는 조금 긴장이 풀렸는지 농담을 하면서 웃었다. 그들은 이야기를 하면서 자신들은 안에서도 이러는데 밖에서 날아다니는 주혁은 정말 대단하다고 혀를 내둘렀다.

그들의 말소리는 주혁이 있는 곳에서는 거의 들리지 않

는 소리였는데, 주혁의 귀에는 작지만 또렷하게 들렸다.

이야기를 들은 주혁의 얼굴에 미소가 피어올랐다.

"아, 여기에 있었군. 잠깐 이야기 좀 하지."

감독인 브래드가 주혁을 찾았다. 그러고는 먼저 필름에 대한 이야기를 해주었다.

"확실히 이곳에서 촬영하기로 결정한 건 탁월한 선택이었던 것 같아."

브래드는 영상이 굉장히 인상적이었다고 이야기했다. 일일 시사에서 관계자들이 정말 만족스러워했다는 거였다. 세계에서 가장 높은 빌딩이라는 느낌이 확 살아서 화면을 보고 있으면 속이 울렁거렸다는 이야기도 나왔다고 했다.

"다른 것보다 유리창에 비친 풍경이 기가 막힌다더군."

건물 유리창에는 주변 풍경이 그대로 반사되어 보였고, 개중에는 움직이는 자동차 같은 게 보이기도 했다. 그런 것이 주는 현장감과 생생함은 CG로는 표현하기가 불가능한 거였다.

아니, 가능은 할 것이다. 엄청난 제작비를 들인다면.

그러니 부르즈 할리파에서 촬영을 한 것은 대단한 성공이었다고 자평하고 있었다. 거기에는 주혁의 시원하고 인상적인 액션도 포함되어 있었다.

"내일부터는 모래 폭풍 장면이니까 거기에 집중하자고."

"자동차 액션도 무척 기대가 되네요."

감독은 주혁과 마주 앉아서 내일 장면을 이야기했다.

감독도 주혁의 능력을 무척이나 부러워하고 있었다.

처음에는 제프리와 브라이언의 이야기를 듣고는 그러려니 했다. 어떤 것인지 감이 잘 오지 않아서였다.

그런데 주혁과 같이 작업을 하다 보니 정말 대단한 능력이라는 걸 알 수 있었다.

텍스트를 영상화할 수 있는 능력이라니. 얼마나 대단한 능력인가.

물론 자신도 당연히 그런 걸 상상하면서 작업을 한다. 그런데 자신이 그리는 것과는 차원이 달랐다.

자신이 상상하는 영상이 안개 속에 보이는 흐릿한 물체와 같은 거라면 주혁이 그리고 있는 건 선명한 화질의 모니터로 보이는 깨끗한 영상이었다.

그래서 항상 장면에 대한 고민이 있을 때는 주혁과도 많이 상의했다.

촬영 현장에서 시간은 돈이다. 가능한 한 촬영 시간을 줄일 수 있으면 좋다.

그렇다고 대충 찍는다는 건 있을 수 없는 일. 최고의 장면을 뽑는다는 조건하에 시간을 단축할 수 있으면 좋다는 것이다.

그러기 위해서는 시행착오를 줄여야 한다.

그래서 할리우드에서는 시뮬레이션이나 시각화 작업도 많이 한다.

이번 모래 폭풍 장면도 캘리포니아에서 미리 강풍기를 돌려서 어떤 느낌이 나는지 확인하지 않았던가.

미리 그런 식으로 준비를 해야 시간을 단축할 수 있는 거였다.

할리우드 블록버스터는 제작비가 어마어마하다. 촬영이 하루 늘어나면 늘어나는 비용이 장난이 아니다.

그래서 항상 할리우드에서는 가장 효과적이고 합리적인 방법을 찾고 있다.

이번 장면도 그랬다.

모래 폭풍 속에서 자동차 액션까지 있는 장면이어서 많은 사람들이 미리 테스트를 해보고 검증을 한 상태였다.

주혁도 이런 이야기를 하면 무척 즐거웠다.

감독은 굉장히 상상력이 풍부하고 유쾌한 사람이었다.

주혁은 자신이 무언가를 떠올리는 건 확실히 잘하지만, 너무 그런 능력에 집중하다 보니 상상력이 부족해졌다는 느낌을 많이 받았다. 상상력의 부족은 연기의 발전을 가로막는다. 그래서 주혁은 앞으로는 상상력을 키우는 데도 신경을 써야겠다고 다짐했다.

*　　*　　*

미션 임파서블에서 액션이 빠진다는 건 있을 수도 없는 일이다. 그건 토핑 없는 피자나 마찬가지일 것이다.

하지만 사람들은 오늘 어느 때보다도 화려하고 맛있는 피자를 기대하고 있었다.

액션의 주인공이 주혁이었기 때문이었다.

"리허설한 대로만 가자고."

"전 준비 끝났어요, 브래드."

주혁은 편안한 표정으로 이야기했다.

사실 연기를 하는 것도 좋긴 했지만, 불편한 점이 있었다. 영어로 대사를 하다 보니 아직까지는 감정이 제대로 실리는 것 같지가 않았다.

물론 그렇게 생각하는 건 주혁밖에 없었다.

감독을 비롯한 제작진들은 대만족이었다. 주혁이 보여준 연기는 정말 대단했다. 이 사람이 왜 배우인지를 확실하게 알려주었다. 그를 보고 있자면, 연기라는 걸 알면서도 상황에 빠져들게 되었으니까.

이단 헌트는 계속해서 악전고투를 했다. 지원이 없는 상황에서 문제를 해결해야 했으니까.

그리고 계속해서 말도 안 되는 임무를 해내야 했다.

부르즈 할리파를 맨손으로 올라가고, 다시 돌아와야 했으니까.

물론 실제로는 안전장치와 와이어가 있다.

하지만 그런 것이 있다고 관객들이 느껴서는 안 된다.

그래서 액션이라도 배우의 연기력이 중요한 것이다.

그런 점에서 볼 때, 주혁의 몸짓이나 표정은 훌륭하다는 표현 그 이상이었다.

정말 고통스럽고 힘들어하는 모습을 보여주었고, 사람들은 그의 연기에서 진정성과 힘을 동시에 느꼈다. 정말 고난에 처한 사람이라는 느낌을 자연스럽게 받았고, 그러면서도 역경을 뚫고 나가는 남자의 용기와 기세를 볼 수 있었다.

그래서 그의 연기를 보고 있자면, 숨이 가빠지고 몸에 힘이 들어갔다. 그가 위험할 때는 심장이 덜컥 내려앉는 것 같았고, 위기에서 벗어나면 저절로 안도의 한숨을 내뱉게 되었다. 관객이 감정이입을 할 수 있도록 만드는 능력. 주혁은 그것이 탁월했다.

하지만 더 놀라운 것은 그런 스턴트보다 격투 액션이 주혁의 진짜 매력을 볼 수 있는 장면이라는 거였다. 지금까지만 해도 충분히 매력적이었는데, 그것이 예고편에 불과한 것이다. 그러니 사람들이 기대를 하는 것도 무리는 아니었다.

"격투 장면은 정말 기대가 되지 않아?"

"물론이지. 미스터 강이잖아. 나는 아직도 CCTV에 찍힌 그 몸놀림을 잊지 못한다고."

스태프 중에도 주혁의 팬이 제법 있었다. 할리우드에 주혁이 알려지게 된 건 전우치라는 영화를 통해서 그러기도 했지만, 본격적인 건 아무래도 세인트 엘모 식당에서의 사건이었다. 그리고 이어서 상영된 영화 아저씨가 주혁을 스타로 만들었다고 보면 되었다.

그래서 사람들은 이번 영화에서도 그가 굉장한 액션을 보여줄 것으로 기대했고, 확실하게 알게 되었다. 그가 얼마나 멋진 액션을 할 수 있는지를. 주혁의 몸놀림에 사람들은 자신도 모르게 탄성을 내뱉었다.

"컷. 컷. 한 번 더 갑시다."

감독의 외침에 스태프들이 움직이기 시작했다. 바쁘게 움직여야 하는 사람들을 제외하고는 지금 자신들의 눈앞에서 펼쳐진 광경을 이야기하기 바빴다. 개중에는 악당 역할을 하는 배우도 있었다.

"호우, 역시 대단해. 실제로 마주하니 생각했던 것 이상이야. 그렇지 않아?"

스턴트맨들은 다들 고개를 끄덕였다. 자신들도 모두 무술을 익히고 있었고, 이런 액션 장면도 여러 차례 찍었다. 그리고 주혁이 상당한 실력을 가지고 있다는 사실도 알고 있었다. 하지만 직접 대해보니 너무나도 대단했다.

그런 실력을 가지고 있는 것도 대단했지만, 사람들이 그를 좋아하는 건 그 이상의 것을 가지고 있기 때문이었다.

"당연한 소리. 너는 총을 든 사람에게 달려들 수 있어?"

"경우에 따라서는. 하지만 쉽지는 않겠지."

실제로 총을 든 사람에게 달려든다는 건 쉽지 않은 일이다. 그것도 다른 사람을 구하기 위해서 그런다는 건 더욱 더. 영화에서 왜 그런 장면이 나오겠는가. 현실에서는 거의 볼 수 없는 일이었고, 그것이 정말 대단한 일이기 때문에 그런 것이다.

그건 실력만 가지고 되는 일이 아니다. 제아무리 무술 실력이 뛰어난 사람도 총 앞에서는 위축되게 마련이다. 용기, 그리고 신념이 없으면 절대로 할 수 없는 행동. 그래서 주혁을 사람들이 칭송하는 거였다.

"그리고 미스터 강과 호흡을 맞추면 연기를 하기도 굉장히 쉬워."

"그건 그렇지. 실제로 그런 장면 속에 빠져 있는 것같이 느껴지니까."

그들은 방금 보여준 주혁의 액션에 상당히 감명을 받은 듯했다. 서로 움직이면서 장면을 재현해 보고 있었는데, 연신 감탄사를 내뱉었다. 그러면서 주혁이 액션을 하면 단순한 움직임 이상의 무언가가 느껴진다고 이야기했다.

방금 장면을 촬영한 촬영감독도 그런 점을 느끼고 있었다. 보통은 당하는 악역에 굉장한 연기력을 기대하지는 않는다. 그런 단역들까지 훌륭한 연기력을 보여준다면야 좋겠지만, 그런 연기를 기대하는 건 사실상 무리다.

그런 연기력이 있다면 뭐하러 이런 단역을 하고 있겠는가. 그런데 이번 액션 장면은 그런 점도 확실히 좋았다. 악당들의 표정이나 연기가 굉장히 리얼했으니까. 그들의 미세한 감정이 아주 디테일하게 화면에 드러났다.

주혁의 장악력이 그만큼 뛰어났기 때문이었다. 그가 전체 분위기를 끌고 가니 다른 배우들도 그 분위기에 젖어들어서 같은 호흡을 하게 된 거였다. 배우가 자기 연기를 제대로 하는 것도 쉽지 않은 일이다. 그런데 주변에까지 이런 영향을 준다?

정말 대배우들이나 가능한 그런 연기였다. 자신이 알기로 이런 것을 보여주는 배우는 거의 없었다.

"이 정도 장악력을 보여준 배우가 또 있었던가?"

예전에 자신이 참여했던 007 네버다이나 작년에 찍은 솔트를 떠올려 보았지만, 주혁이 보여주는 그런 느낌을 주는 배우는 없었다. 아니, 자신이 지금껏 카메라를 든 이후로 이 정도 장악력을 보여준 배우가 있을까 싶었다.

"요람을 흔드는 손 정도겠어."

카메라 감독은 예전에 찍었던 작품을 떠올리면서 중얼거렸다. 그 작품에서 여배우가 보여준 연기는 정말 인상적이었다고 생각하면서.

"자, 다시 갑니다."

촬영은 재개되었다. 그리고 생각했던 것보다 일찍 마무리가 되었다. 모두가 확실한 느낌을 가지고 같이 움직였기에 가능한 거였다. 생생하고 확 빨려들어 갈 것 같은 장면이 카메라에 잡혔으니 감독은 오케이라고 기꺼이 외쳤다.

그리고 이어지는 러시아 경찰과의 격투도 순조롭게 마무리되었다. 사람들은 확실히 액션 장면에서 주혁이 더 빛난다는 사실을 느꼈다.

"도대체 뭐가 달라서 이런 느낌을 줄 수 있는 걸까?"

사람들은 무척이나 그 부분을 궁금하게 생각했다. 분명히 다른 배우와는 달랐다. 주혁의 액션은 사람들로 하여금 쾌감과 흥분을 주면서도 묘한 여운이 남았다. 더 보고 싶다는 감정과 만족스럽다는 생각이 교차하게 만드는 그런 액션.

"미치겠군. 이런 장면을 내가 찍을 수 있다니 말이야. 정말이야. 미칠 것 같아."

감독과 촬영감독은 서로 흥분한 채 대화를 나누었다. 그리고 이 장면을 볼 LA에 있는 사람들의 반응이 궁금해졌다.

"이제 밖으로 나가는 건가요?"

주혁이 다가오면서 물었다. 이제 부르즈 할리파 내부에서의 촬영은 모두 끝났다. 이제는 모래 폭풍 속에서 찍어야 하는 장면이 대부분이었다. 다른 자잘한 장면도 있기는 했지만, 모래 폭풍 장면을 찍으면 두바이에서의 촬영은 사실상 끝나는 거나 마찬가지였다.

"그래도 좀 아쉽네요. 여기서도 가면을 쓰는 장면이 나왔으면 더 좋았을 텐데 말이에요."

"대신 상대가 가면을 쓰게 한 거 아닌가. 여기서는 그 정도가 좋지."

주혁도 배우가 바뀐다는 것에 약간은 부담을 가지고 있었다. 그래서 얼굴을 바꿀 수 있다는 걸 강조하고 싶은 생각이 있었던 모양이었다.

"그냥 해본 말이에요. 자, 그럼 모래를 뒤집어쓰러 나가죠."

주혁은 싱긋 웃으면서 이야기했다.

* * *

여러 장소에 강풍기가 설치되었다. 화면으로 보면 모르겠지만, 촬영장에는 무척 재미있는 광경이 펼쳐지고 있었다.

"액션."

감독의 소리에 일제히 강풍기가 돌아가기 시작했다. 그리고 모래 폭풍처럼 보이게 하는 가루와 여러 이물질들이 흩날렸다. 가루는 강풍기가 돌아가면 저절로 뿌려지게 해 놓았지만, 종이나 다른 이물질은 사람이 직접 손으로 뿌렸다.

강풍기가 돌아가면 바로 옆에 있다가 커다란 주머니에 있는 각종 가벼운 물체들을 던졌다. 그러면 그것들이 강풍기의 바람을 타고 날아갔고, 그런 것들이 모여서 실제 모래 폭풍과 같은 효과를 화면에 담게 해주는 거였다.

"생각보다는 오래 걸리네요."

시간상으로는 10분도 되지 않는 장면인데, 벌써 열흘이 넘게 촬영하고 있었다. 그만큼 공을 들이고 있는 거였다. 이렇게 된 데에는 주혁의 탓이 컸다.

"앞에 나오는 액션이나 빌딩에서의 장면이 워낙 좋아서 말이지."

브래드는 천연덕스럽게 웃으면서 말했다. 방금 한 말은

빈말이 아니었다. 정말로 앞 장면이 워낙 좋았기 때문에 시간이 오래 걸리고 있는 거였다. 앞 장면이 그렇게 훌륭하니 그다음 장면들도 밸런스를 맞추어야 하지 않겠는가.

그래서 감독은 어지간해서는 오케이를 말하지 않았다. 정말 세심하게 공을 들여서 최고의 장면을 뽑기 위해서 노력했다.

그리고 그렇게 된 데에는 일정의 영향도 있었다. 부르즈 할리파에서는 약간 일정을 당길 수 있었다. 덕분에 세이브된 시간이 있으니 다소 깐깐하게 촬영을 해도 문제가 없었다. 덕분에 다들 고생은 되었지만, 모두 즐겁게 일했다.

"그래도 이제 거의 끝나가니까 걱정하지 말라고."

이제는 일부 도로와 다리에서의 장면만 촬영하면 모래폭풍 장면도 마무리된다. 감독은 시간이 걸리는 장면은 대부분 끝났으니 앞으로는 촬영에 속도가 좀 붙을 것이라고 생각했다. 그리고 감독이 생각한 대로 촬영은 속도감 있게 진행되었다.

자동차 장면은 자칫하면 위험할 수도 있는 장면이다. 그래서 사전에 미리 여러 가지 테스트를 해본다. 덕분에 본촬영에서는 큰 문제 없이 촬영이 진행되었다.

"정말 체력이……."

감독은 고개를 흔들면서 중얼거렸다. 그렇게 달렸는데도

별로 지친 기색이 없었다. 모래 폭풍 장면에서는 달리는 부분이 많았다. 하지만 주혁이 누구던가. 이미 달리는 거라면 이골이 난 사람이었다. 추적자에서 그리고 아저씨에서 엄청나게 달린 기억이 있지 않은가.

게다가 이제는 상자의 에너지를 받아서 육체적인 능력도 더 좋아진 상태. 계속해서 달리고 또 달려도 좀처럼 지치지 않았다. 사람들은 그런 주혁을 보면서 다들 혀를 내둘렀다.

주혁은 멀어져 가는 트럭을 뒤쫓았다. 트럭 위에서는 한 남자가 가면을 뜯어내고는 바닥에 던졌다. 이단 헌트는 결국 상대를 잡지 못했고, 상대는 모래 폭풍 사이로 점차 모습을 감추었다. 바닥에는 사람의 얼굴 형태를 한 물체만 뒹굴고 있었다.

"오케이."

감독의 사인에 주혁은 한숨을 내쉬었다. 드디어 다리에서의 장면만 촬영하면 모래 폭풍 장면을 끝낼 수 있다는 생각이 드니 저절로 한숨이 나온 거였다. 벌써 보름 넘게 모래 폭풍 장면을 찍고 있으니 그럴 만도 하지 않겠는가.

"한국에는 별일 없지?"

"예, 형님. 특별한 일은 없습니다."

장백이가 물을 건네면서 대답했다. 한국을 떠난 지 한 달이 조금 넘었을 뿐인데, 벌써 한국이 그립다는 생각이 들었다. 음식도 입에 잘 맞지 않아서 둘이서 저녁에 라면에 김치를 먹을 때가 종종 있었다.

“이거 끝나면 프라하로 가는데, 거기도 제대로 된 음식을 먹을 데가 없을 것 같은데…….”

“같이 다닐 요리사를 알아볼까요?”

“아니다. 그럴 것까지는 없고.”

그러면 좋기는 하겠지만, 벌써부터 그럴 생각은 없었다. 사실 주혁이 원하기만 하면 얼마든지 그럴 수 있었다. 하지만 사람들과 같이 부대끼면서 적응을 해볼 생각이었다. 편한 게 반드시 좋은 것만은 아니라는 사실을 알고 있었으니까.

“그건 그렇고 할리우드가 대단하기는 하네요. 촬영을 위해서 일부기는 하지만 아예 다리를 만든다니 말이에요.”

장백이는 스케일이 다르다며 놀라워했다.

실제로 다리 일부를 제작했다. 다리에서 자동차끼리 충돌하는 장면은 혹시라도 다리에 문제가 생길 수도 있으니까 그런 거였다.

주혁은 자동차 액션도 마음에 들었다.

하지만 조금 위험한 액션이 좀 많았으면 좋겠다고 생각했다. 능력의 숙련도를 올리기 위해서는 그런 게 필요했으니까.

"프라하에서는 액션의 난이도를 조금 높이자고 해볼까?"

주혁은 앞으로 있을 스턴트는 무조건 자신이 하고, 가능하면 어렵고 아슬아슬한 그런 것을 해야겠다고 생각했다.

CHAPTER **62**

프라하

주혁이 프라하에 도착해서 인상 깊게 본 것은 교도소를 본떠서 만든 세트였다. 주혁이 도착했을 때, 사람들은 액션을 테스트하고 있었다.

"똑같은 장소를 만들어놓고 미리 어떤 식으로 찍어야 하는지 만들어보는 겁니다."

한국에서도 미리 액션을 디자인한다. 아저씨를 촬영할 때도 경험을 해보았다. 하지만 여기처럼 장소까지 만들어놓고는 하지 않는다. 확실히 할리우드는 스케일이 달랐다. 그런 걸 느끼는 게 한두 가지가 아니었다.

예를 들어서 소품도 한 개가 아니었다. 가방만 해도 같은 게 여러 개 있었다. 원래 들고 다닐 때 사용하는 가방이 따로 있었고, 격투를 할 때 상대를 다치지 않게 하기 위해서 고무로 만들어진 게 따로 있었다.

그것뿐이 아니었다. 가지고 다니다 보면 상처가 나기도 하고 찌그러지기도 한다. 그래서 그 단계에 맞추어서 각각의 가방이 전부 준비되어 있었다.

"하기야 이런 식으로 미리 테스트할 수 있으면 좋을 것 같긴 하네요."

"자네 동선도 한번 보겠나?"

주혁은 시범을 보이는 것을 지켜보았다. 영화를 통해서 많이 본 아주 익숙한 액션이었다. 하지만 주혁은 이것보다 조금 더 좋은 장면이 나올 수 있지 않을까 생각했다.

"이렇게 해보면 어떨까요?"

주혁은 지금 시범을 보인 자리로 가서는 비슷한 액션을 선보였다. 하지만 조금 더 빠르고 절도가 있었다. 작은 차이였지만, 동작에서 느껴지는 힘과 파괴력이 전에 봤던 액션과는 확연한 차이가 있었다.

"오오~"

사람들의 입에서 나지막한 탄성이 터졌다. 그리고 주혁에게로 사람들이 모여들었다. 그리고 액션 장면에 대해서 의견을 이야기하기 시작했다. 굉장히 어수선했지만, 다들 아주 즐거운 표정이었다.

주혁은 같은 액션이라도 조금 더 좋게 보일 수 있는 방법이나 자세 같은 걸 알려주었고, 액션을 디자인하는 작업에도 동참해서 많은 아이디어를 보탰다.

그리고 그 장면의 진가는 촬영을 하면서도 빛이 났지만, LA에 보내졌을 때 확연하게 드러났다.

"확실히 미스터 강의 액션은 다르군. 같은 행동이라도 아주 특별해 보여."

"정말 전문가 같다는 느낌이 들지 않나? 정말 저런 조직이 있고 거기에 최고의 요원이 있다면 저 정도 실력은 가지고 있을 것 같아."

그리고 그 시각 주혁은 변신을 하는 장면을 촬영하고 있었다.

주혁은 정교하게 만들어진 가짜 얼굴을 쓴 채 이리저리 돌려보고 있었다. 잘못된 부분이 있나 확인하기 위해서였다. 그리고 분장 담당도 꼼꼼하게 살폈다.

"오케이."

특별히 얼굴이 조금 갈라진 부분이 있었는데, 그 부분의 크기와 형태를 잘 보아야 했다. 전 장면과 이어지는 거였으니까. 주혁은 체크를 마치고 촬영 준비를 했다. 오늘로써 이 얼굴도 끝이었다. 그리고 사람들도 이 장면을 보고는 이 시리즈의 주인공이 바뀐다는 사실을 알게 될 것이다.

"무협지에 나오는 인피면구가 이런 거겠지?"

주혁은 얼굴을 손으로 만졌다. 자신의 피부가 아니라서 조금 어색한 느낌이 들었다. 하지만 그리 불편하지는 않았다. 그리고 그렇게 두껍지도 않았는데, 그걸 착용하고 있으니 정말 다른 사람이 되었다.

오늘 촬영은 단순했다. 이미 교도소에서의 액션 장면은 촬영을 마친 상태였다. 얘기를 들어보니 LA에서도 상당한 호평을 받았다고 했다. 주혁 특유의 액션이 잘 살아 있다면서. 그리고 3편의 흥행 부진을 이번에는 만회할 수 있겠다는 말도 나왔다고 했다.

"그 얼굴과도 이제는 이별이군그래."

"그러게. 조금 섭섭한데?"

주혁은 농담을 던졌고, 사람들이 킥킥거리며 웃었다. 주혁은 촬영을 위해서 복장을 체크하고는 위치로 이동했고, 잠시 후 촬영이 시작되었다. 첫 촬영에 오케이가 나지 않아서 제법 시간이 길어졌다.

이단 헌트가 구출되는 장면이었다. 바닥이 무너지면서 구멍이 생겼다. 밑으로 내려가기만 하면 되는 거였다. 그런데 같이 탈출하는 보그단이 이단 헌트의 얼굴이 이상하다는 걸 발견했다.

"어? 세르게이. 자네 얼굴이……."

주혁은 보그단을 아래로 내려가라고 밀었다. 그리고 얼굴을 잡아 쭉 뜯었다. 그러자 주혁의 원래 얼굴이 나타났다. 주혁은 의미심장한 미소를 남긴 채 줄을 타고는 아래로 내려갔다.

"헌트 요원?"
"자네는?"
"카터 요원입니다."

주혁은 고개를 끄덕이고는 어리둥절해하는 보그단을 끌고 달리기 시작했다. 시리즈의 주연배우가 교체되는 장면이었다. 그리고 오프닝이 나오고 곧바로 주혁의 홍채와 DNA를 검사하는 장면이 나온다.

"오케이."

만일을 대비해서 얼굴을 몇 개 더 준비해 놓기는 했지만, 다시 붙이려면 상당한 시간이 걸린다. 그래서 가능하면 NG

없이 갔으면 좋겠다고 생각했는데, 한 번에 되지는 않았다. 하지만 세 번 만에 오케이를 받았으니 성적이 나쁜 편은 아니었다.

"다음 촬영이 이어지는 장면이죠?"

"그래. 이제 이곳에서의 장면은 끝이지."

보통 장소가 바뀌는데 앞 장면과 바로 이어지는 장면을 촬영하게 되는 경우는 흔치 않다. 이곳은 폐쇄된 체코의 교도소였는데, 개조를 해서 촬영을 했다. 오늘이 4일째였는데, 이제 막 교도소에서의 모든 촬영이 마무리된 거였다.

정리하는 사람들을 남겨놓고, 주혁은 곧바로 이어지는 촬영을 준비했다. 자동차 안에서 이야기를 나누는 장면이었다.

달리는 자동차 안에서 카터 요원은 주혁의 홍채와 DNA를 검사했다. 얼굴로는 확인할 수 없으니 그러는 거였다. 주혁은 귀찮다는 듯 기계들을 밀쳐 내면서 여러 가지 질문을 했고, 카터 요원은 그런 주혁을 바라보면서 물었다.

"지금 이 얼굴이 진짜 얼굴인가요?"

"글쎄? 그게 중요한가?"

주혁은 묘한 웃음을 보이면서 말했다.

*　　*　　*

체코의 수도인 프라하. 주혁이 프라하에 다시 도착해서 느낀 점은 오래된 건축물이 무척 많다는 거였다. 그래서 마치 과거로 돌아간 듯한 느낌이 들기도 했다. 처음 왔을 때는 바빠서 그런 걸 볼 틈이 없었는데, 지금 보니 정말 아름다운 곳이었다.

"한 나라의 수도인데도 이런 건물들이 잘 보존되어 있다는 건 참 부럽네요."

장백이가 건물들을 둘러보면서 중얼거렸다. 주혁도 비슷한 감정을 느끼고 있었다. 현대식 건물이 즐비한 서울도 좋긴 하지만, 프라하를 구경하다 보니 무언가가 부족하다는 느낌이 들었다.

"사실 오래되었다고 다 허물고 새로운 건물을 짓는 건 좀 아닌 것 같아. 오래된 것도 분명히 가치가 있는 건데 말이야. 그리고 그렇게 자꾸 허무는 걸 보면 역사를 잊는 것 같은 느낌이 들기도 하고."

주혁은 그런 생각이 들었다. 이제는 허물고 새로 세우는 그런 것에서 벗어나서 우리의 역사도 소중하게 생각하고 지켜야 하는 것이 아닌가 하는.

"이래서 사람은 여행을 해야 하는가 봐. 평소에는 하지 못했던 그런 생각들이 나는 걸 보면."

장백이도 동의하면서 집을 떠나 있으니 여러 생각이 난다고 했다. 하지만 아직 일정의 절반도 소화하지 못한 상태. 여기 말고도 여러 나라를 더 돌아다녀야 한다. 그런 이야기를 하고 있는데, 건물 외관을 바꾸는 작업을 하고 있는 모습이 보였다.

"아, 저게 영화 때문에 작업을 하고 있는 건가 보군요."

"그렇지. 이곳은 크렘린 궁이 있는 모스크바여야 하니까."

이곳은 체코의 수도인 프라하였지만, 여기에서 모스크바 장면을 촬영하기로 되어 있었다. 그러니 거리의 간판이나 여러 가지 손을 볼 것들이 많았다. 그래서 간판을 비롯한 많은 걸 바꾸어야 했다.

교도소 장면을 촬영하는 동안 대부분 마무리가 되었다고 들었으니, 막바지 작업을 하고 있는 모양이었다.

주혁은 지나가면서 대충 훑어보았는데, 그렇게 모스크바처럼 보이도록 한 곳의 크기가 상당히 넓었다.

"역시 할리우드는 할리우드네."

한국에서 촬영하는 거였다면, 건물 하나 정도를 바꾸었을 것이다. 아무래도 제작비 문제가 있으니까. 하지만 지금 작업된 걸 보니 정확하지는 않지만 한 구역 전체를 바꾼 듯했다. 규모와 스케일은 정말 대단했다.

"맞습니다. 어, 거의 다 온 것 같은데요? 저게 프라하 성인가?"

앞에 가던 차의 속도가 줄고 있었고, 장비를 들고 안으로 움직이는 사람들이 보이는 걸로 봐서 앞에 보이는 게 오늘 촬영 장소인 프라하 성인 듯했다.

주혁은 차에서 내려 제작진이 있는 장소로 이동했다. 촬영에 들어가기 전에 상당한 시간을 들여서 분장을 받아야 했다. 이번에는 러시아의 장군으로 변장을 하는 거였는데, 정말 주혁이라고는 생각되지 않을 정도의 변장이었다.

주혁이 분장을 받고 있는데, 감독이 찾아와서는 그 광경을 지켜보았다. 그리고 시간이 제법 걸리는 작업이라 이런 저런 이야기를 나누게 되었다.

"대사가 어렵지는 않던가?"

"별로 길지 않으니까 통째로 외웠어요."

러시아 장군이다 보니 러시아 말로 대화를 나누는 장면이 있었다. 대화가 그리 길지는 않았지만, 주혁은 감정의 전달을 제대로 하기 위해서 상당한 공을 들였다.

"담당자가 어학에 재능이 있다고 엄청나게 칭찬을 하더군. 영어 말고도 중국어와 일본어도 한다면서?"

감독이 다가와서 신기하다는 듯 말했다. 이렇게 다재다능한 사람도 참 보기 어렵다는 생각이 들었던 것이다.

주혁은 화제를 바꾸어서 오늘 촬영분에 관해서 이야기를 나누었는데, 갑자기 장백이가 전화기를 가지고 달려왔다.

주혁은 양해를 구하고는 전화를 받았다. 보통 일이었으면 가져오지 않았을 테니 무슨 큰일이 있는 것이 틀림없었다.

주혁이 받아보니 전화를 한 사람은 중범이었다.

"무슨 일이야?"

아주 가끔 연락을 하기는 했지만, 자신이 외국에 촬영차 나와 있다는 사실을 알고 있으면서 굳이 연락을 할 이유는 몇 가지 없었다. 아주 좋은 일 아니면, 아주 좋지 않은 일. 주혁은 어쩐지 후자일 확률이 높다고 생각했다.

그리고 그 예상은 맞았다. 황제가 붕어했다는 소식을 알려온 거였다.

"언제?"

—저도 소식 들은 지 얼마 되지 않았어요.

직접 본 적은 몇 차례 없었지만, 무척이나 인자해 보이는 얼굴에 항상 웃음을 잃지 않았던 것으로 기억하고 있었다. 국민들이 사랑하고 존경하는 황제. 황태자나 수정이와의 인연이 아니더라도 국민의 한 사람으로 가슴 아픈 일이었다.

하지만 노환에 의한 자연사라고 하니 사람의 힘으로는 어쩔 수 없는 일 아닌가. 하기야 1923년생이니 우리나라 나이로 89세인 걸 생각하면 있을 수 있는 일이었다.

"장례는 어떻게 된다던?"

—한 달 정도 후에 열린다는 것 같아요. 지금 이야기를 하고 있는데, 예전 황제의 장례 절차를 참고해서 한다고 하고요.

주혁은 잠시 한국에 들를 수가 있을까 생각해 보았다. 한 달이면 잘하면 시간을 낼 수도 있을 것 같았다. 많은 시간이야 어렵겠지만, 잠깐이라도 다녀오는 것이 예의라고 생각되었다. 황태자와 수정이와의 인연을 생각해도 당연한 것이었고.

그래서 주혁은 감독과 그 문제를 놓고 상의했다. 감독은 이삼 일 정도라면 가능할 것 같다고 이야기했다.

"촬영이 어떻게 되는지 봐야겠지만, 지금 같은 페이스라면 가능할 것 같은데?"

촬영이 예상보다 순조롭게 진행되고 있어서 한 말이었다. 하지만 확답을 지금 할 수는 없었다. 촬영 현장에는 어떤 변수가 생길지 아무도 알 수 없기 때문이었다.

"너무 걱정하지는 말라고. 지금 주차장 만드는 작업이 다소 늦어질 것 같아서 안 그래도 일정을 조금 조정할 필요가 있었으니까."

영화에 거대한 자동 주차장이 등장한다. 그걸 어떻게 할까 고민하다가 실제로 만들기로 하고는 캐나다에서 장소를 물색 중이었는데, 생각보다 작업이 늦어지는 모양이었다.

감독의 이야기로는 조선소에 있는 거대한 창고를 빌려서 거기에다가 만들기로 정해졌다고 했다. 그런데 기계장치로 움직이는 부분까지 만들어야 해서 예정보다 다소 늦어질 것 같다는 거였다.

"일단 지금은 촬영에 집중하고 나중에 일정을 잘 맞추어 보죠."

"그래. 그러는 게 좋지. 촬영이 순조롭게 되어야 일정을 조정하기도 수월해지니까."

주혁은 자리에서 일어나서 다시 촬영 준비를 받으러 움직였다. 머릿속에는 여러 생각이 떠올랐지만, 일단 지금은 현장에서의 일에 집중하기로 했다.

* * *

카메라가 돌아가고 있었고, 러시아 장군으로 변장을 한 주혁은 걸어오면서 러시아 병사들에게 큰 소리로 호통을 쳤다. 묵직하고도 절도 있는 목소리로. 그 장면을 본 러시아어 담당자는 눈썹을 살짝 올리면서 고개를 끄덕였다. 톤이 아주 좋아서였다.

그리고 러시아어를 모르는 사람도 정말 높은 지위에 있는 사람이 아랫사람에게 호통치는 느낌을 확실하게 받았다. 높은 계급, 그것도 이런 곳을 경비하는 병사들이 쳐다볼 수도 없을 정도로 높은 장군이 큰소리를 치자 병사들은 황급히 움직였다.

어느 나라 병사인들 장군이 호통을 치는데 태연할 수 있겠는가. 러시아 장군은 바쁘게 움직이는 병사들을 뒤로하고 빠른 걸음으로 밖으로 나갔다. 그리고 사람들이 보이지 않는 곳으로 가게 되자 재빨리 변장을 없앴다.

이 장면에서의 핵심은 스피드다. 아주 자연스럽고 재빠르게 다른 사람으로 변해야 장면의 맛이 제대로 사는 것이다. 주혁은 사람들이 감탄을 내뱉을 정도로 부드러운 동작과 태연한 표정을 보여주었다.

얼굴을 뜯어내고 군복을 벗은 다음 옷을 뒤집어 입었다. 그러자 삽시간에 제복을 입은 러시아 장군에서 점퍼를 입은 동양인 관광객이 되었다. 그리고 자잘한 뒤처리도 깔끔하게 마무리하고는 태연스럽게 사람들이 있는 곳으로 걸어서 나갔다.

그것이 불과 몇 걸음 사이에 이루어진 일이었다. 시간으로는 5초도 걸리지 않은 듯했다. 그래서 잠깐 다른 곳을 보다가 고개를 돌린 사람이라면 어리둥절해할 수 있는 그런 장면이었다. 감독은 당연히 오케이를 외쳤고, 사람들은 환호하면서 주혁을 맞이했다.

모든 사람이 만족스러워했지만, 주혁은 다소 불만이었다. 조금 더 빨리 오케이를 받을 수 있었는데, 너무 많은 시간을 끌었다고 생각해서였다. 신경을 쓰려 하지 않았지만, 황제의 일이 계속 머릿속에 남아서 그런 거였다.

사실 황제보다는 그와 친분이 있는 사람들 때문에 여러 생각이 든 거였는데, 다소 석연치 않은 부분이 있어서 더욱 신경이 쓰였던 것이다.

"아주 좋았어. LA에 있는 친구들이 정말 좋아하겠는데?"

감독은 너털웃음을 터뜨리면서 주혁을 칭찬했고, 주혁은 방금 찍은 영상을 확인했다. 생각한 것보다 민첩하게 움직이는 자신의 모습이 화면에 나오고 있었다. 집중했더니 시간이 다소 느리게 흐른 덕분이었다.

연기할 때는 오히려 방해되기도 했지만, 액션을 할 때는 굉장한 도움이 되었다. 그만큼 정확하고 빠른 동작을 할 수 있었으니까.

"그런데 정말 대역을 쓰지 않아도 괜찮겠어?"

주혁은 그렇다고 하면서 고개를 끄덕였다.

"직접 하는 편이 더 좋아요. 관객들도 그걸 더 좋아할 테고요."

병원에서 탈출하는 액션에서 다소 위험할 수 있는 장면이 있었는데, 스턴트맨을 쓰지 않고 직접 하기로 했다. 자신이 있어서이기도 했고, 수련하는 데 더할 나위 없이 좋은 기회여서이기도 했다.

"가능하면 아주 과감하고 위태롭게 보이는 액션을 가죠. 요즘 관객들의 눈이 얼마나 높은데요. 어지간한 액션으로는 만족하지 못할 거예요."

브래드는 피식 웃더니 못 말리겠다는 표정을 지으면서 알았다고 이야기했다. 안전만 보장된다면야 그런 장면을 싫어할 감독이 어디 있겠는가. 다만 주혁이 부상이라도 입지 않을까 그것이 걱정스러울 따름이었다.

하지만 지금까지 주혁이 보여준 모습을 보면, 전혀 그런 걱정은 하지 않아도 될 듯했다. 다른 어떤 스턴트맨보다도 안정적인 액션을 보여주었으니까. 그래서 이번 액션도 믿고 가보자고 결정한 거였다.

하지만 사고는 정말 불시에 일어나는 법이다. 촬영도 일정보다 빠르게 진행되고 있었고, 퀄리티도 모두가 만족할 만큼 나오고 있었다. 이렇게 된 것에는 주연배우인 주혁의 힘이 컸다는 걸 모르는 사람은 아무도 없었다.

그러니 그가 다치는 일은 없어야 했다. 굉장한 안정감을 보여주고 있었지만, 만약 조금이라도 위태로운 생각이 든다면 곧바로 스턴트맨을 투입할 것이다. 그래서 계속해서 스턴트맨을 대기시켜 두고 있었다.

"그러면 조금 이따가 보자고."

감독인 브래드는 일어서서 스태프들에게로 다가가면서 몇 가지 지시를 했다. 주혁도 자리에서 일어나서는 차로 돌아왔다. 잠시 휴식을 취하고 다시 이어질 액션 준비를 해야 했으니까. 그런데 주혁이 앉자마자 장백이가 말을 걸었다.

"형님, 이태영 아시죠? 할리우드 진출한다고 했던."

"그럼, 알지. 무슨 소식이라도 있어?"

장백이는 차에서 기다리는 동안 검색을 하다가 알게 된 사실을 이야기했다. 바로 이태영이 할리우드에 진출해서 지금 작품을 촬영하고 있다는 소식이었다. 그런데 진출한다는 그런 게 아니라 이미 촬영 막바지라는 거였다. 그가 출연한 작품은 엑스맨이었다.

"엑스맨? 이번에 퍼스트 클래스인가를 찍는다고 했던 것 같은데?"

"맞습니다. 그런데 조금 이상하네요. 보통 이런 게 있으면 출연이 결정되면서부터 크게 기사화가 되고 그러는데 말이죠."

사실을 그쪽에서도 그러려고 했었다. 그런데 주혁이 미션 임파서블에서 주연을 맡게 되었다는 소식이 먼저 알려져서 기사화를 하지 않았던 거였다. 누구는 블록버스터 작품에서 주연을 맡고 있는데, 단역으로 출연한다는 게 어디 관심이나 끌겠는가.

그래서 기회를 보고 있다가 지금 촬영 막바지가 되어서야 기사를 내보낸 거였다. 이제 국내 배급사도 결정이 된 상태이니 슬슬 마케팅에 들어가야 했으니까. 주혁은 어찌 되었든 간에 대단하다는 생각을 했다.

"그래도 대단하기는 하네. 그대로 고꾸라지는 줄 알았는데 말이지."

하지만 주혁은 그것보다는 다른 문제에 신경이 쓰였다. 황제가 너무 갑자기 죽었다는 생각이 들어서였다. 아무런 병세도 없었고, 이상한 점도 없었다고 했다. 그런데 자고 일어나니 죽어 있었던 것이다. 주혁이 찜찜하게 생각하는 건 바로 그 점이었다.

그런 죽음이 아예 없는 건 아니다. 정말 초가 끝까지 타 들어간 것처럼 긴 삶을 마치고 아주 평온하게 죽음을 맞이하는 사람도 있다. 하지만 그것이 황제라고 한다면 쉽사리 넘길 수 없는 일이었다.

물론 의료진을 비롯한 전문가들이 여러 검사를 한 결과

이상한 점은 없다고 했다. 하지만 주혁만이 의심을 품고 있었다. 상식으로는 생각할 수도 없는 그런 힘이 있다는 사실을 알고 있었으니까.

"다른 소식은 없고?"

"뭐 여전히 시끄럽죠. 쉽게 결정될 것 같지는 않더라고요."

가장 큰 화제는 차기 보위에 누가 오르느냐는 거였다.

주혁은 당연히 황태자가 보위를 계승한다고 생각하고 있었는데, 일각에서 반대 의견이 나왔던 것이다. 정통성에 문제가 있다는 거였다.

황태자는 일반인과 결혼을 했으니 2황자가 보위에 올라야 한다는 의견이 나왔는데, 생각보다 찬성하는 사람이 많았다.

주혁은 혹시나 언론을 누군가가 움직여서 그렇게 보이도록 한 것인가 했는데, 꼭 그런 것만은 아니었다.

백작가와 친분이 있는 언론에서 움직이고는 있었지만, 실제로 2황자가 오르는 편이 더 좋겠다는 생각을 하는 사람도 많았던 것이다. 역시나 황태자가 수정이와 결혼을 한 것이 문제였다.

구시대적인 발상이라고 하는 사람도 있었지만, 동조하는 사람도 제법 되었다. 황태자 본인이 원하는 결혼을 했으니,

책임을 지는 부분이 있어야 하지 않겠느냐는 거였다. 결혼도 보위도 모두 자신이 원하는 대로만 하겠다는 건 너무 이기적이라고 반대편 사람들은 주장했다.

그리고 사랑을 위해서 보위를 포기한 영국의 윈저 공 이야기를 들먹였다. 경우가 전혀 다른 문제였는데, 사람들은 원하는 사랑을 얻었으니 보위는 동생에게 양보하는 게 보기에도 좋지 않겠느냐고 생각하는 듯했다.

"니 생각은 어때?"

"저야 황태자가 물려받아야 한다는 쪽이죠. 지금이 무슨 중세시댄가요?"

주혁도 마찬가지 생각이었지만, 문제는 여론이었다. 2황자 역시 황태자만큼이나 국민적인 사랑을 받는 사람이어서 더욱 그런 듯했다. 그리고 노조와 가깝게 지내는 조기용이나 정치인으로 서민을 대변해서 인기를 높이고 있는 조형욱의 영향도 컸고.

하지만 주혁은 그런 흐름을 보면서 오히려 의심이 커졌다. 물론 후계 문제는 당연히 일어날 수 있는 일이었다. 하지만 황제가 승하하고 나서 마치 준비를 하고 있었다는 듯 대처하는 걸 보니 의구심을 떨칠 수가 없었던 것이다.

'그래서 백작가가 황태자의 결혼을 찬성한 거였나?'

생각해 보면 황태자가 결혼을 할 때 개인의 선택이라면

서 백작가가 쉽게 넘어간 것도 이상했다. 사람들은 잘 모르겠지만, 백작가는 황실의 위엄을 깎아내리기 위해서 여러 수작을 부렸었다. 그런데 황태자의 결혼은 아무런 반대 없이 지나갔던 것이다.

게다가 황태자가 결혼하고 나서 곧바로 2황자와의 결혼을 추진한 것도 그랬다. 그리고 결혼식이 있었던 후 얼마 지나지 않아서 황제의 죽음. 그래서 주혁은 미스터 K에게 연락을 해보았다. 창욱을 제거하려고 조사를 하는 중이었으니까.

"조사는 어떻게 되어갑니까?"

—창욱의 범죄 사실에 대해서는 상당한 증거를 확보했습니다. 뒤가 상당히 구린 자더군요.

시간이 조금 지나서 증거가 남아 있지 않은 사건도 있었다. 그리고 모든 사건을 완벽하게 처리했다고 생각하고 있었다. 하지만 그건 일반인 수준에서의 생각이다. 전문가가 손을 대니 나오는 것들이 있었다. 주혁은 혹시 창욱이 이번 일과도 관련이 있는지 물어보았다.

"그자가 이번 황제의 죽음과도 관련이 있습니까?"

—황제의 죽음과 말입니까? 제가 조사한 바로는 특별한 관련은 없었습니다. 혹시 무슨 정보라도 가지고 계신 건지요?

"아닙니다. 그냥 혹시나 해서 물어본 겁니다."

하지만 주혁은 이번에 한국으로 돌아가면 창욱에 대해서 확실하게 조사해야겠다는 생각을 했다. 많은 사건의 배후에 그가 있다는 게 밝혀진 이상 기억을 살펴도 된다고 여겼다. 그리고 아무래도 지금 일어나는 일에 무언가 숨겨진 것이 있다는 생각이 들어서였다.

* * *

"앞에 있는 건물이 영화 학교니까 만약에 손을 늦게 놓게 되면, 수많은 학생들을 만나게 될 거야. 사인을 해주느라 오늘 내로 나오지 못할 수도 있다고."

액션을 준비하고 있는 주혁에게 감독이 농담을 걸어서 긴장을 풀어주었다. 병원에서 탈출해서 달리는 자동차 위로 떨어져야 하는 장면이었는데, 자동차의 속도를 보고 타이밍을 잘 맞추어야 하는 고난도 액션이었다.

그런데 앞에 있는 건물이 마침 영화학교가 있는 건물이었다. 그래서 손을 늦게 놓으면 그리될 거라고 농담을 한 거였다. 주혁은 피식 웃었다. 확실히 다른 건 몰라도 유머 감각은 적응이 되지 않았다.

그래도 가볍게 웃을 수는 있어서 긴장을 푸는 데는 도움이 되었다. 주혁은 액션에 들어가기 전에 주변을 둘러보았는데, 온통 구경꾼으로 가득했다. 이곳에서 영화를 배우는 학생들이나 주민들이 할리우드 블록버스터 영화를 촬영하는 걸 어디서 구경했겠는가.

그들은 신기하다는 표정으로 촬영하는 걸 구경하고 있었다. 스태프가 주변을 조용히 시켰고, 주혁은 정 위치로 이동했다. 그리고 촬영이 시작되었다.

이단 헌트는 병원 건물 외벽에 서 있었다. 달랑 바지만 입고 있는 상태. 뛰어내리기에는 너무 높은 위치였다. 그 모습을 본 러시아 경찰은 여유롭게 담배를 꺼내 물었다. 그리고 이쪽으로 오라고 손짓했다.

하지만 그때 자동차가 시동을 걸고 움직였다. 이단 헌트는 허리띠를 풀러 손에 쥐었다. 전선에 걸고 내려가면서 달리는 자동차를 이용해서 착지하려는 생각이었다. 그리고 그걸 지켜보는 러시아 경찰.

"뭐지? 뭘 하려는 거지?"

옆에서 감독이 화면을 보면서 계속해서 소리를 지르고 있었다. 러시아 경찰을 맡은 배우에게 상황을 알려주는 거였다. 이런 상황이니 거기에 맞는 표정을 지으라는 뜻으로.

"설마 저기를 내려가려는 건가? 허리띠를 이용해서?"

감독의 소리에 따라 러시아 경찰의 표정이 조금씩 바뀌었다. 주혁이 자동차를 보다가 허리띠를 전선에 걸자 감독의 목소리가 더 커졌다. 그리고 러시아 경찰의 표정이 다급해지더니 물고 있던 담배를 입에서 빼냈다.

주혁은 자동차의 속도를 가늠하다가 허리띠를 걸고 뛰어내렸다. 힘차게 허공을 가르면서 점프를 한 주혁은 전선을 타고 미끄러져 내려왔고, 그 아래로 자동차가 길을 따라 움직이고 있었다.

"너무 빨라."

주혁이 내려가는 속도가 너무 빨랐다. 사실 속도감이 있으면 박진감이야 있겠지만, 그만큼 다칠 확률이 높아진다. 감독과 액션 팀은 바짝 긴장을 했다.

하지만 주혁은 지금이 딱 좋다고 느끼고 있었다. 적당한 속도감과 스릴. 몸에서 아드레날린이 조금씩 분비되고 있었고, 몸에 와 닿는 바람의 느낌이 상쾌했다. 그리고 타이밍을 재다가 허리띠를 놓았다.

액션 팀은 망설이고 있었다. 여기서 일찍 와이어를 당기면 배우는 안전하다. 하지만 방금 촬영한 건 쓸 수 없게 된다. 너무 일찍 배우가 허공에 멈추게 되는 거니까. 자동차에 닿을 정도에서 멈추는 게 가장 좋았다.

사람들은 책임자의 명령만 기다리고 있었다. 책임자는 안전이 우선이라고 생각했다. 욕을 먹어도 어쩔 수 없다. 일단은 배우의 안전. 촬영은 그다음이다. 그래서 자신이 이 자리에 있는 거였다.

"당겨."

책임자의 말이 떨어지자 곧바로 사람들이 줄을 당겼다. 그리고 주혁은 공중에 매달리게 되었다. 감독은 다소 아쉽다는 투로 컷을 외쳤다.

"너무 빨랐어?"

"위험하다고 생각해서 당겼어. 이 속도면 부상의 위험이 있어."

주혁은 영상을 확인하면서 이야기를 나누었다. 정말 시원하고 화끈하게 떨어지고 있었다. 그리고 잘못하면 다칠 것 같기도 했다. 하지만 주혁이 원한 건 바로 그런 상황이었다.

"이 정도 속도면 몸을 충분히 컨트롤 할 수 있을 것 같아. 그러니까 조금 천천히 당겨도 될 것 같아. 바로 이 정도에 왔을 때."

주혁은 위치를 이야기해 주었다. 아주 아슬아슬한 지점

이었다. 책임자는 절레절레 고개를 흔들었다. 최고의 장면을 위해서 이렇게까지 위험을 감수할 필요가 있나 싶어서였다. 하지만 주혁은 그런 상황이 아주 즐거웠다.

집중해서 시간을 천천히 흐르게 할 수 있으니 몸을 제대로 컨트롤 할 수 있었고, 당연히 부상을 당할 일은 없었다. 줄이라도 끊어지지 않는 이상에는. 그리고 그런 짜릿한 상황일수록 능력의 숙련도는 높아지고 있었다.

'이제 20%가 넘었어. 이런 상태면 영화를 다 찍기 전에 40%까지도 노려볼 수 있겠는걸?'

주혁은 파이팅을 외치고는 다시 건물로 올라갔다.

* * *

"이봐, 제레미. 미스터 강하고 영화를 찍으면서 뭔가 다르다고 느낀 적 없어?"

"다른 점? 많지."

감독은 이단 헌트의 동료 역을 맡고 있는 제레미에게 물었다. 제레미는 여러 이야기를 했다. 일단 주혁이 풍기는 분위기가 달라서 영화 전체의 분위기가 이전 시리즈와는 약간 달라졌다는 점을 이야기했다.

"젊은 에너지가 넘치지. 시리즈가 다시 회춘한 것 같은 느낌이 든다고나 할까?"

사실 주연배우를 교체한 데에는 그런 면도 작용했다. 사람들이 어떤 것을 더 원하는지 따져 보다가 아무래도 젊고 화려한 액션을 보여줄 수 있는 쪽이 좋다고 판단해서였다. 하지만 그건 브래드가 원한 대답이 아니었다.

"그것 말고는 다른 건? 배우들끼리는 어때? 배우들 사이도 뭔가 다른 게 있던가?"

"우리 사이에? 흐음……."

제레미는 손을 턱에 올리고는 잠시 생각했다. 분명히 무언가 다른 게 있다는 건 알겠다. 이전에 찍었던 영화에서 느꼈던 것과는 분명히 다른 게 있었으니까. 하지만 그것이 무엇인지 막상 이야기를 하려고 하니 딱히 생각이 나지 않았다.

'분위기가 유쾌한 거야 비슷하지. 유머 코드가 조금 다른 것 같기는 하지만. 영화를 끌어가는 카리스마? 아니야. 그건 그만이 가지고 있는 특색은 아니지.'

주혁은 나이에 비해서 영화를 끌어가는 힘이 아주 강했다. 젊은 배우라서 활력이 넘치고 생동감이 느껴지는 분위기를 연출할 수 있는 건 이해할 수 있다. 하지만 나이를 먹은 노련한 배우처럼 분위기를 잡고 이끌어가는 걸 보면 다소 신기하다는 생각이 들기도 했다.

하지만 그것도 살짝 언급했는데, 브래드가 원하는 이야기는 아닌 듯했다. 그래서 다시 생각해 보았다. 주혁과 같이 연기하면서 다르게 느낀 점이 무엇인지.

"다른 사람들과 함께했을 때와는 다른 느낌이라. 아! 그러고 보니 강은 동양인이라서 그런지 동료 의식이 우리와는 조금 다른 것 같더군."

"그렇지? 역시나 나와 다른 사람들이 느끼고 있는 게 다르지 않았군."

브래드는 아이처럼 웃으면서 이야기했다. 처음에는 잘 몰랐는데, 영상을 보다가 보니까 이전 시리즈와는 조금 다른 분위기가 있었다. 바로 팀워크가 다르다는 거였다.

팀워크라고 해서 시나리오를 이전과 다르게 쓴 건 없었다. 물론 중간중간 약간씩 수정이 되기는 했지만, 큰 틀만 보면 이전 시리즈와 많이 달라지지는 않았다. 그런데 영상에서 보이는 느낌은 상당히 달랐다.

"강은 뭐라고 할까. 동료를 생각하는 게 상당히 정성스럽다고 해야 하나? 어떻게 표현해야 할지는 모르겠는데, 무척 강한 유대감을 가지고 있는 듯했어."

"그가 동양인이라서 그런 거겠지. LA에서도 상당히 그 부분에 주목을 하더군."

브래드는 팀원 간의 케미가 상당히 독특하고 좋아 보인

다는 이야기를 들었다고 말했다. 자신이 느낀 것도 그랬고. 확실히 이전의 어떤 시리즈보다 팀원 사이가 끈끈하고 교감이 잘되는 그런 느낌을 받았다.

"생각을 해보니 확실히 다르긴 하군. 동양적인 사고방식 때문에 그런 건가?"

"아마도. 하지만 그가 분위기를 끌어가는 힘이 없었다면 지금처럼 되지는 않았겠지."

만약 주혁이 그저 그런 배우였다면. 연출하는 대로 이전 시리즈와 비슷하게 진행되었을 가능성이 높았다. 하지만 그가 가지고 있는 작품에 대한 장악력은 굉장했다. 그래서 그가 작품의 분위기를 주도하고 있었다. 지금 만들어진 분위기도 그의 영향 때문이었다.

할리우드 영화도 시나리오가 완벽하게 나와 있어서 그것대로만 찍거나 하지는 않는다. 현장에서 다양한 버전으로 촬영하기도 하고, 중간에 내용이 살짝 바뀌기도 한다. 영화에서 그런 측면은 어쩔 수 없는 것이었다.

그래서 이 영화에서도 장면마다 배우들과 이야기를 해가면서 촬영했다. 그리고 중간에 바뀐 부분도 있었다. 그래서 팀원 간의 그런 분위기도 더욱 강하게 드러난 거라고 생각되었다. 하지만 감독이나 관계자들은 긍정적으로 보고 있었다.

당연히 기존 시나리오보다 좋다고 생각되어서 그리한 거였으니까. 하지만 문제가 없는 건 아니었다. 분위기가 미묘하게 달라져도 그에 따라서 바뀌어야 할 게 많았으니까. 그래서 해결해야 할 부분들이 많이 있었다.

대부분의 촬영이 밴쿠버에서 진행될 예정이라서 어떻게 정리할지는 미루어두고 있기는 했지만, 제법 바뀔 부분이 있을 것 같았다. 그리고 거기에 골머리를 썩이고 있었다. 분명히 좋기는 한데, 주혁이 만들어낸 감성을 쉽게 이해할 수 없기 때문이었다.

"확실히 동양적인 감성은 이해하기가 어려워."

감독의 말에 제레미는 동의했다. 하지만 그런 감성이 지금 영화의 분위기를 좋게 만들고 있다는 것도 부인할 수 없는 사실이었다. 그렇다면 결론은 한 가지. 그 방향으로 가는 수밖에는 없다.

"같이 연기를 하다 보니 어떤 건지는 대충 감이 오는 것 같군. 하지만 설명하라고 하면 그건 못할 것 같아."

제레미는 씨익 웃으면서 말했다. 분명히 좋은 느낌이었다. 연기를 하면서 받은 느낌은 따사롭고 친밀하다는 거였다. 일을 같이하는 동료지만, 동료 이상의 감정적인 교류가 오가는 느낌이었으니까.

그리고 그런 연기를 할수록 실제로도 가까워지는 것 같

았다. 하지만 느낄 수는 있었지만, 깊이 이해할 수는 없었다. 동양인들이 이해할 수 없는 서양 사람의 사고방식이 있는 것처럼.

"브래드. 이쪽으로 좀 와야 할 것 같은데?"

멀리서 감독을 부르는 소리가 들렸다. 브래드는 조금 이따가 보자는 말을 남긴 채 그를 필요로 하는 곳으로 달려갔다.

"무슨 일인데?"

"일정 때문에요. 일단 새로 조정을 한 건데 한번 보시죠."

브래드는 일정표를 들여다 보였다. 영화 촬영 현장에서의 일정은 항상 유동적이다. 기본적인 계획은 있지만, 계획대로 흘러가는 현장이란 건 들어본 적이 없다. 이번에도 마찬가지였다. 다행인 건 일정이 생각보다는 약간이나마 앞당겨질 것 같다는 점이었다.

일정이 늘어지면 늘어졌지 앞당겨지는 경우는 많지 않다. 하지만 특별한 문제도 생기지 않았고, 배우들도 모두 열연을 해주고 있어서 촬영이 순조로웠다.

"이대로 가면 미스터 강이 원한 대로 삼 일 정도 여유를 줄 수 있겠군그래."

"어디까지나 예정이니까요. 혹시 또 모르죠. 며칠 더 걸릴 수도 있는 거고, 며칠 당겨질 수도 있는 거니까요."

표에는 빼곡하게 날짜와 사람들의 이름이 적혀 있었고, 서로 연관된 것끼리 연결이 되어 있었다. 브래드는 일정을 자세히 들여다보다가 이대로 가도 되겠다고 이야기했다.

"일단 뭄바이에 연락은 해놔야겠군. 조금 앞당겨질 수 있으니 대비를 하라고 말이야."

"바로 연락하죠."

감독은 고개를 끄덕였고, 담당자는 바로 인도에 연락했다. 여러 나라를 돌아다니면서 촬영을 하다 보니 모든 사람이 같이 이동하지는 않았다. 필요한 인원은 현지에서 수배해서 촬영에 참여시켰다.

그래서 핵심적인 스태프는 계속 같이 움직이지만, 나머지 스태프는 모두 현지에서 조달했다. 그래서 두바이와 프라하에서 스태프가 달랐고, 뭄바이와 밴쿠버에서의 멤버도 현지에서 조달하게 될 것이다.

물론 기존 일정에 변화가 생길 경우에는 미리 연락을 주게 되어 있었다. 그리고 이런 일이 예외적인 일도 아니었다. 영화판에서는 늘 있는 일이었으니까. 감독은 일정 이야기를 하다가 자리를 옮겨서 앞으로 있을 일정을 체크했다.

"기차 수배하는 건 어떻게 되었지?"

프라하에서 부다페스트 장면도 찍어야 해서 그 준비를

하고 있었다. 원래는 며칠 여유가 있는 거였는데, 생각보다 주혁의 촬영이 당겨질 것 같아서 새롭게 바뀐 일정에 맞추기 위해서 사람들이 부산하게 움직이고 있었다.

"기차하고 역 문제는 해결이 되었는데, 그래피티가 조금 문제네요."

"그래피티가?"

브래드는 고개를 갸웃거렸다. 벽에다 하는 낙서 같은 것인데 무슨 문제가 되는지 이해를 할 수 없어서였다. 별것 아닌 것처럼 생각할 수도 있었지만 체코에서는 그래피티가 3년형까지 받을 수 있는 범죄였다.

"허가를 미처 받지 못했는데, 지금 급하게 이야기 중입니다."

"사람은 구했고?"

다행스럽게도 그래피티를 할 사람은 구할 수 있었다고 했다. 몰래 해오던 사람이 있었던 것이다. 브래드는 3년형을 받을 수 있는데도 활동을 해온 사람을 구했다는 걸 신기해했다.

"제도에 막힐 거라고 하면 열정이라고 부를 수 없겠죠."

담당자는 상당히 멋진 말을 던졌지만, 브래드는 그 말을 듣지 못했다. 지나가는 주혁을 발견하고는 손을 흔들면서 그 방향으로 움직였기 때문이었다.

*　*　*

주혁은 영화 속 팀원들과 같이 비행기를 타고 뭄바이로 이동했다. 이미 몇 달을 같이한 사이라 상당히 가까워져 있었다.

"이 부분 이상하지 않아요?"

카터 요원을 맡은 여배우가 주혁에게 질문을 해왔다. 영화 속에서 인도로 향하는 제트기 안에서 이단 헌트와 카터 요원이 대화를 하는 장면이었다.

"어떤 부분이?"

"카터 요원은 여자이기는 하지만 요원인데, 남자를 유혹하는 임무를 망설인다는 게 말이 되지 않는다고 보는데요?"

주혁은 자세를 고치고는 시나리오를 살폈다. 카터 요원이 말한 대로 남자를 유혹하는 걸 망설이는 내용이 있었다. 주혁도 스쳐 지나가듯 본 기억이 났다.

"이건 고쳐야겠는데? 요원이라고 한다면 있을 수 없는 일이지."

정말 요원이라고 하면 이런 일을 망설이지는 않을 것이다. 만약에 이제 막 요원이 된 신출내기라면 또 모를까. 그리고 주혁은 확실히 영어로 된 시나리오는 머리에 잘 들어오지 않는다고 생각했다.

한글로 된 시나리오나 대본은 전체적인 그림이 잘 그려졌다. 그런데 영어로 된 것은 그만은 못했다. 큰 흐름은 놓치지 않았지만, 이런 자잘한 부분까지는 세심하게 살피기 어려웠던 것이다.

“강, 나도 여기 대사가 말이지…….”

제레미가 슬쩍 끼어들면서 이야기를 던졌다. 아주 미묘한 내용이었다. 단어 하나나 이야기를 하는 톤을 가지고 대화를 나누게 되었다. 그만큼 서로의 관계와 역할에 대해 이해를 하게 되니 할 이야기가 많아진 거였다.

주혁은 즐거운 마음으로 대화에 참여했다. 영화는 혼자서 만드는 게 아니다. 영화에 참여하는 모든 사람이 같이 만드는 공동 작업이다. 그래서 기뻤다. 서로가 이렇게 케미가 맞아들어 갔을 때, 어떤 작품이 나오는지 알기 때문이었다.

덕분에 뭄바이에서의 촬영도 아주 즐겁게 진행되었고, 밴쿠버에서의 촬영에 대한 부담도 덜 수 있었다. 서로의 호흡이 점점 잘 맞아간다는 게 느껴졌기 때문이었다. 그래서 연기가 끝난 후 서로 이야기를 나누는 경우도 자주 있었다.

“미스터 강, 사실 요원이라고 하면 사적인 감정은 배제하고 움직여야 하는 게 아닐까?"

제레미가 촬영을 마치고 주혁에게 다가와서 질문을 던졌다. 상식적으로는 맞는 이야기였다. 주혁은 차분하게 자신의 의견을 말했다.

"최고의 요원도 결국은 사람이니까. 그리고 이제는 그런 캐릭터가 사랑을 받을 것이라고 생각해. 최고의 실력을 가지고 있지만, 사람의 향기도 아주 진한 그런 캐릭터."

제레미는 잠시 생각하다가 고개를 끄덕였다. 그런 캐릭터가 무척 매력적일 것이라는 생각이 들어서였다. 그리고 그것이 바로 주혁이라는 생각이 들었다. 아저씨에서 보여준 캐릭터가 바로 그런 캐릭터 아니던가.

그리고 분명히 다른 캐릭터였지만, 지금 주혁이 연기하고 있는 이단 헌트도 분명히 그런 측면이 있었다. 최고의 실력을 가진 요원이었지만, 인간적인 마음이 느껴지는 그런 캐릭터로 주혁이 재창조를 한 거였다.

"아시아에서는 그런 사람을 좋아하나 보지?"

"그런 사람을 싫어하는 곳도 있던가? 나는 그런 캐릭터라면 모두가 좋아한다고 생각하는데?"

제레미는 자신이 멍청한 질문을 했다며 크게 웃었다. 맞는 말이었다. 그런 캐릭터를 싫어하는 사람이 어디 있겠는가.

"새로운 트렌드가 될 수도 있을 것 같군."

제레미는 자신의 자리로 돌아와서는 중얼거렸다. 주혁이 선보이는 캐릭터가 당분간은 사람들에게 먹힐 것이라고 생각하면서. 그리고 문득 떠오르는 게 있어서 다시 이야기를 할까 했지만, 고개를 돌려 보니 주혁은 통화를 하고 있었다.

—사흘 후요? 용케 시간을 맞추셨군요.

"다행이에요. 장례식에 맞출 수 있어서요. 그나저나 알아보고 있는 건 어떻게 되어갑니까?"

—창욱에 대한 부분은 정리가 거의 끝났습니다. 그런데…….

미스터 K는 말끝을 흐렸다. 조사를 하다가 주혁이 황제와 관련된 언급을 해서 따로 알아보기 시작한 게 있었다. 그런데 상당히 강한 저항에 직면했다. 누군가가 정보를 아주 철저하게 차단해 놓은 게 느껴졌다.

"그래요? 그런데 창욱은 아니라는 말이죠?"

—그가 태어나기 전부터도 무언가 움직임이 있었던 것 같습니다. 특히나 예전에 있었던 황태자 사망 사건과 관련이 있는 게 아닌가 싶습니다.

지금의 황태자의 아버지, 그러니까 얼마 전에 죽은 황제의 아들이 갑자기 죽은 사건이 있었다. 사인은 심장마비였는데, 자연사로 처리되었다. 주혁이 아주 어렸을 때 일어난 일이라 그런 일이 있었다는 정도만 알고 있었다.

"일단 들어가서 좀 살펴봐야겠네요. 이 기회에 도대체 뭐가 어떻게 된 건지 확실하게 해야겠습니다."

주혁은 일단 창욱에 대한 것은 정리가 되었으니 다른 부분에 대해서 계속해서 알아보라고 이야기했다. 하지만 미스터 K는 다소 부정적인 의견을 이야기했다. 보통 그런 말을 하는 사람이 아니었는데 말이다.

—조사는 하겠지만, 어려울 것 같습니다. 워낙 오래전 일인 데다가 접근하는 것 자체도 어렵습니다.

주혁은 무리하지 않는 선에서 조사를 진행하라고 당부했다. 공연히 무리를 할 이유가 없었다. 자신이 한국에 가서 직접 알아볼 수 있는 방법이 있었으니까. 그리고 이번에는 정말 확실하게 문제를 마무리해야겠다고 강하게 마음먹었다.

CHAPTER 63
징벌

"죄송합니다."

미스터 K의 입에서 듣기 어려운 말이 흘러나왔다. 하지만 그의 표정은 변화가 없었다. 최선을 다한 결과였고, 미리 그럴 수 있다는 양해를 받은 후였기 때문이었다. 주혁은 미스터 K에게서 이런 이야기를 들은 게 언제인지 기억을 더듬어보았다.

잘 생각나지 않았다. 아예 그런 적이 없었을지도 모른다. 언제나 만족할 만한 성과를, 그것도 아주 빠른 시간 안에 이루어냈던 사람이었으니까. 하지만 이번만큼은 그러지 못했다.

"아닙니다. 그만큼 문제가 있는 사건이라는 거겠죠."

주혁은 일단 창욱에 대한 내용부터 검토했다. 항상 그렇듯 정리가 깔끔하게 되어 있었다. 이 자료를 검찰에 넘긴다면, 혹은 언론에 공개한다면 창욱이 파멸하는 건 문제도 아니었다. 하지만 지금 그것은 아주 작은 문제였다.

"그러니까 예전 황태자의 사망 사건과 관련이 있는 것 같다는 거죠?"

"그렇습니다. 그것도 다른 쪽의 정보는 모두 막혀 있고, 황실의 정보를 뒤지다 보니까 의심스러운 부분이 나왔던 겁니다."

미스터 K는 주혁의 이야기를 듣고는 조사를 하다가 지금 황제의 사망 사건과 예전 황태자의 사망 사건이 어쩐지 흡사하다는 느낌이 들었다. 황제가 고령이라는 점을 제외하고는 여러 가지 측면에서 유사한 상황이라고 보였다.

그래서 황태자의 사망 사건에 대해서도 뒤지기 시작했다. 그리고 무언가 있다는 사실을 알게 되었다. 도무지 그 사건에는 접근을 할 수가 없었으니까. 누가 인위적으로 막아놓지 않은 이상에는 그럴 수가 없는 것이다.

누가 인위적으로 차단한 사건. 무언가가 있다는 간접적인 증거였다. 그것도 아주 꽁꽁 틀어막혀 있었다. 그렇다는 건 그만큼 사안이 중대하다는 뜻. 그래서 더욱 신경을 써서 파보았다. 하지만 미스터 K의 능력으로도 이 사건은 도무지 건질 것이 없었다.

다만, 정보를 차단한 자도 황실 자료는 건드릴 수가 없었는지 조금 남아 있는 게 있었는데, 거기에 의심스러운 단서가 있었다.

"귀족 가문에 대한 조사요? 어떤 조사를 했다는 겁니까?"

"자세한 내용은 없었지만, 남아 있는 자료에 의하면 예전 황태자가 귀족 가문에 대해서 조사를 시작했고, 무언가를 알아냈다고 합니다. 그리고 얼마 지나지 않아서 죽은 거죠."

당시에도 무척이나 큰 사건이라고 했다. 당연히 그렇지 않겠는가. 황태자라는 사람이 젊은 나이에 갑자기 죽어버렸으니. 하지만 의료진이 살펴보았지만 아무런 흔적도 없었고, 결국 자연사로 결론 내리게 되었다.

"조사하던 내용이 뭔지는 알 수 없습니까?"

"그것까지는 남아 있지 않았습니다. 다만 조사를 하던 귀족 가문 중에 백작가가 포함되어 있다는 건 확실합니다."

미스터 K는 백작가를 포함해서 두세 가문 정도를 황태자가 조사했다는 걸 알아냈다고 했다.

"혹시 그 가문들과 관련해서는 찾은 게 있나요?"

주혁은 분명히 자연사는 아닐 것이라고 생각했다. 상대가 무슨 수를 썼는지는 알 수 없다. 특수한 능력이나 약물을 사용했을 수도 있고, 검사를 한 사람들을 매수했을 수도 있다. 물론 아주 희박하지만, 자연사일 수도 있다.

하지만 너무나도 이상하지 않은가. 조사를 하다가 무언가를 발견했고, 얼마 후에 죽음을 맞이했다. 당연히 발견한 무언가 때문에 살해당한 거라는 생각을 지울 수 없었다. 하지만 미스터 K는 조사한 가문들에 대해서는 쉽게 대답하지 못했다.

알아보고는 있지만, 성과는 없었다. 어디서부터 손을 대야 할지 알 수 없었기 때문이었다. 무언가 작은 단서라도 있으면 그걸 중심으로 찾아보겠는데, 아무런 단서도 없으니 막막할 수밖에.

"일단 계속 조사를 해주세요. 나도 알아보다가 뭐라도 단서가 나오면 바로 연락하겠습니다."

이야기를 마치고서 주혁은 창욱에 대한 자료를 가지고 집으로 돌아왔다. 이미 황태자와 수정이, 그리고 회사 사람들과는 만나서 이야기를 나누었고, 공식적인 장례식에 참석하는 걸 제외하고는 다른 일정은 잡지 않았다.

장례식은 내일이었고, 주혁은 그다음 날 저녁에 출국하는 것으로 일정이 잡혀 있었다. 시간이 촉박했다. 그래서 빨리 움직여야겠다는 생각이 들었다.

"자료는 그때 그 검사에게 넘기면 될 것 같은데……."

창욱을 잡아넣는 건 문제가 아니었다. 하지만 변수가 있었다. 주혁이 걱정하는 건 후계 구도였다. 그가 바랐던 것과는 달리 황위는 2황자가 물려받는 것으로 결론이 난 상태였다. 이종준 공작을 비롯한 일부 귀족들이 황태자를 밀었지만, 파워 게임에서 밀렸다.

대부분의 귀족이 2황자의 손을 들어주었던 것이다. 그 배후에 백작가가 있었던 것은 보지 않아도 뻔한 일. 공식적으로 백작가는 아무런 움직임도 보이지 않았지만, 실제로 그렇다고 믿는 사람은 아무도 없을 것이다. 그리고 여론도 2황자에게 상당히 우호적이었다.

"감옥에는 가겠지만, 언젠가는 특사로 풀려나겠지?"

국모인 황후의 오라버니. 당장은 어렵겠지만, 조만간 특사로 풀려날 것이다. 그런 건 주혁이 바라는 결과가 아니었다. 그리고 그것보다 더 큰 문제가 있지 않은가. 주혁은 그 문제를 풀기 위해서 결단을 내렸다.

주혁은 창욱을 만나야겠다고 결심하고는 행동에 옮겼다. 지체할 시간이 없었다. 모레면 출국을 해야 하니 그전에 모든 일을 마무리 지어야 한다. 그래서 창욱의 번호를 알아낸 뒤, 곧바로 연락을 했다.

"이렇게 갑자기 연락을 해서 죄송하군요."

—아닙니다. 그런데 이런 시기에 무슨 일로 연락을 하신 건지…….

의심과 경계. 핸드폰 너머에서 들려오는 창욱의 목소리에는 그 두 가지가 가득했다. 왜 그렇지 않겠는가. 켕기는 것이 있으니 말이다. 하지만 주혁은 그런 것에 신경을 쓸 겨를이 없었다. 그래서 바로 본론을 이야기했다.

"좀 만났으면 합니다. 아주 중요한 문제가 있어서요."

—중요한 문제요? 흐음… 제가 워낙 바빠서요. 시간을 내기가 좀 어렵습니다만…….

찜찜한 구석이 있는지라 쉽게 응하지 않았다. 하기야 만나서 뭐 좋을 게 있다고 승낙을 하겠는가. 하지만 주혁은 그런 의견을 무시하고 바로 오늘 보자고 이야기했다.

—오늘이요? 이거 참… 제가 시간이 없다고 이야기를 드렸는데…….

창욱의 말투에는 살짝 노기가 느껴졌다. 언제 이런 대접을 받은 적이 있던가.

하지만 주혁은 신사적으로 그를 대우할 생각이 없었다. 그는 능글맞은 투로 이야기했다.

"시간이야 만들면 생기는 것이죠. 영화 스케줄을 조정하다 보면 없을 것 같은 시간도 생기더군요.

주혁은 잠시 기다리라고 하고는 핸드폰으로 알아낸 정보의 일부를 전송했다.

그리고 그걸 본 창욱은 아무런 이야기도 하지 못했다. 주혁은 잠시 기다리다가 다시 입을 열었다.

"이제 상황이 조금 바뀌지 않았습니까? 만날 약속을 정할까요?"

―장소와 시간은?

목소리가 변했다. 살가운 척하던 목소리에는 날이 서 있었다. 상대를 완전히 적이라고 생각하는 그런 목소리. 가면이 벗겨진 것이다.

주혁은 시간과 장소를 불렀다. 주혁이 어떤 장소와 시간을 원하든 그는 올 수밖에 없을 것이다.

그리고 얼마 후, 서교동에 있는 주혁의 카페에서 둘은 마주했다. 장사는 끝난 늦은 밤이어서 둘을 방해하는 사람은 아무도 없었다.

"이러는 이유가 뭡니까?"

창욱이 먼저 입을 열었다. 불리한 건 자신이었으니까. 그리고 자신이 원하던 것을 대부분 손에 넣은 지금 나락으로 떨어질 수는 없는 일이다. 그러니 지금 상황을 어떻게든 원만하게 해결하리라 생각했다. 만약 원만하게 해결되지 않는다면 다른 방법도 불사할 것이라고 마음먹은 상태였고.

"이유를 모르진 않을 텐데요."

주혁은 다리를 꼰 채 여유 있게 이야기했다. 창욱은 그런 주혁이 마음에 들지 않았지만, 그런 걸 내색할 만큼 어리석지는 않았다. 오히려 표정을 부드럽게 하면서 은근한 목소리로 원하는 것이 무엇이냐고 물었다.

"원하는 것이라……."

주혁은 시간을 길게 끌 것 없다고 생각하고 바로 능력을 사용했다. 이미 사람들을 여럿 해치운 자였다. 그리고 그런 것에 별다른 죄책감도 느끼지 않는 냉혈한이었고. 자신의 목적을 위해서는 어떤 짓이라도 할 수 있는 그런 자.

'그런 놈에게까지 선의를 베풀 필요는 없지.'

주혁은 정신을 집중했고, 곧바로 시선이 공중으로 붕 떠올랐다. 그리고 눈에서 강한 빛이 창욱을 향해서 쏘아져 나갔다. 창욱은 커피를 마시면서 슬쩍 주혁을 곁눈질하고 있었는데, 시간이 멈추니 그 모습이 무척 어색하게 보였다.

'확실히 수련의 효과인지 빛이 강렬하군.'

예전보다 훨씬 밝고 거대한 빛 덩어리가 주혁의 눈에서 나와서 창욱의 머리로 향했다. 그리고 이내 창욱의 머릿속으로 스며들었다. 그러자 허공에는 창욱의 기억이 파노라마처럼 펼쳐졌다.

주혁이 처음 느낀 감정은 외로움이었다. 아주 어렸을 적의 기억을 먼저 접하게 되었는데, 사무치게 외롭다는 느낌이 들었다. 하지만 그런 아픔이야 누군들 없겠는가. 주혁은 그 기억은 뛰어넘고 최근 기억으로 이동했다.

기억이 최근에 가까워질수록 감정이 없어졌다. 그는 어떤 감정도 느끼지 못하고 있었다. 마치 감정이란 것이 있으면 큰일이 나는 것처럼 감정을 깊은 곳에 가두었다. 그리고 이미 알고 있었지만, 눈살이 찌푸려지는 그런 행동을 서슴지 않고 행했다.

'이것도 아니야. 이미 알고 있는 사실들.'

주혁은 자신이 원하는 걸 찾기 위해서 기억을 뒤졌다. 그러다가 최근에 감추려고 하는 게 있다는 걸 발견했다. 감추고 싶었겠지만, 주혁에게는 어린아이 손목 비틀기보다도 쉬운 일. 잠긴 문은 쉽게 열리고 속에 있는 기억이 드러났다.

주혁은 기억을 살피면서 정말 놀라지 않을 수 없었다. 자신은 어지간하면 놀라지 않을 것이라고 생각했다. 상자와 관련된 일은 정말 상상조차 하기 어려운 엄청난 일이다. 그런 일을 겪었으니 더 놀랄 일이 뭐가 있겠느냐는 생각이었다.

하지만 창욱의 기억은 그런 주혁의 생각을 송두리째 바꾸어놓았다. 너무나 엄청난 일이라서, 그리고 전혀 생각지도 못한 일이라 멍해지는 걸 느꼈다.

'백작가가 친일파였다니! 아니 어떻게 그럴 수가 있지?'

그래도 일말의 존경심은 있었다. 창욱의 일이야 그렇더라도 그 가문이 나라를 위해서 헌신한 것까지 폄하할 건 아니었으니까. 하지만 그런 생각이 완전히 무너졌다. 너무나도 충격을 받아서 능력이 중단될 뻔했다.

정말 간신히 정신을 부여잡았다. 정신을 다잡은 주혁은 그 기억을 더 자세히 들여다보았다. 거기에는 미스터 K가 찾고자 하는 정보들이 가득 들어 있었다. 그리고 왜 미스터 K가 그 정보를 찾을 수 없었는지 알 수 있었다.

모든 정보를 폐기하거나 숨겨놓았으니까 그런 거였다. 그리고 그 자료가 조만해의 침실에 있는 비밀 공간에 있다는 사실도 알아냈다. 그 공간에 어떻게 들어가야 하는지는 알 수 없었지만, 장소만 알아도 자료를 얻을 수 있는 방법은 있을 터.

'미스터 K가 할 일이 생겼군.'

주혁은 기억을 세심하게 살피고는 능력을 거두어들였다. 주혁이 모든 사실을 알았음에도 불구하고 계속해서 기억을 살핀 건 마음을 정리할 필요가 있어서였다. 너무나 큰 충격을 받아서 마음이 쉽게 진정되지 않았으니까.

시간이 다시 흘렀고, 창욱은 마시던 커피를 마저 목으로 넘겼다. 그의 목젖이 움직였고, 천천히 잔을 테이블에 내려 놓았다. 주혁은 천천히 심호흡을 하면서 감정을 정리했다. 정리했다고 생각했는데도 말을 하려니까 다시 울컥하고 올라오는 감정이 느껴졌기 때문이었다.

"뭘 해줄 수가 있습니까?"

"원하는 게 무언지 이야기를 하시죠. 생각하시는 것 이상으로 드리겠습니다."

창욱은 주혁이 바라는 것이 있다고 생각하고 있었다. 그 정보를 검찰에 넘기지 않고 자신을 만나자고 한 것은 무언가 이유가 있어서일 테니까. 그렇지 않고서야 자신을 이렇게 만나자고 할 까닭이 있겠는가.

그리고 그 이유는 돈이라고 생각하고 있었다. 돈을 싫어하는 사람이 어디 있던가. 지금까지 양심이나 가치관 같은 걸 들먹이는 사람을 많이 보았다. 하지만 금액의 차이였다. 1억 원짜리 양심인지, 10억 원짜리 양심인지의 차이만 있었던 것이다.

그래서 창욱은 백지수표라도 건넬 생각을 가지고 있었다. 일단 지금의 위기만 넘어가고 나서 다시 회수하면 되는 일이니까. 그래서 어떻게든 지금 상황을 모면하고자 노력했다. 물론 티는 그다지 내지 않으면서.

그의 기억을 모두 알고 있는 주혁은 이해가 되었다. 그토록 원하던 것을 지금 막 손에 넣었는데, 그걸 놓치고 싶겠는가. 하지만 결국 창욱은 자신이 얻은 걸 지켜낼 수 없을 것이다. 주혁은 무척 어려웠지만 태연한 표정으로 이야기를 계속 이어나갔다.

상대가 의심을 하면 여러모로 골치 아프다. 그래서 일단은 상대가 원하는 모습을 보여주고 안심시키는 방향으로 나가기로 했다. 참는다는 게 힘들고 불편하기는 했지만, 확실한 마무리를 하기 위해서.

"그 부분에 대해서 내일 다시 만나서 이야기를 해보죠."

"그럽시다. 서로 정리를 해야 할 것도 있을 것 같으니까 말이죠."

창욱은 얼굴에 특별한 변화를 보이지는 않았지만, 눈매가 날카롭게 번득였다. 주혁은 그런 걸 보고 그가 어떤 생각을 하고 있는지 눈치챘지만, 신경 쓰지 않았다. 그가 생각하는 그런 일은 벌어지지 않을 테니까.

* * *

집으로 돌아온 주혁은 이 문제를 어떻게 정리해야 할지 고민이 되었다. 쉽게 생각할 문제는 아니었다. 얽힌 문제가 하나둘이 아니었으니까. 이 일이 밝혀진다면 대한민국이 발칵 뒤집힐 그런 사건이었다.

주혁은 미스터 K에게 바로 연락을 했다. 어디까지 이야기를 해야 할지 잠시 고민을 했지만, 상당 부분 털어놓았다. 어차피 조사를 하려면 사실을 제대로 알아야 했으니까. 이야기를 듣고는 미스터 K도 상당히 놀랐다.

—백작가가 친일파였다니. 정말 생각지도 못했던 일입니다.

어지간해서는 감정을 잘 드러내지 않는 미스터 K도 목소리에 놀라움이 역력하게 묻어났다. 왜 그렇지 않겠는가. 지금까지 독립운동을 했다고 존경을 받은 가문이 알고 보니 친일 앞잡이였는데 말이다.

사실 주혁도 어떻게 그런 것이 가능했는지 이해하기 어려웠다. 하지만 그것은 차차 밝히면 될 일. 어차피 백작의 침실에 있는 비밀 공간을 털면 어찌 된 일인지 자연스럽게 알 수 있을 것이다.

"자료가 있는 장소를 알아냈는데, 쉽지는 않은 곳입니다."

주혁의 말에 미스터 K는 특별히 문제가 되지 않는다는 반응이었다. 장소가 백작가의 아주 깊은 곳에 있다고 했지만, 언제는 쉬운 곳이 있었느냐면서.

—불가능한 일은 없습니다. 쉬운 임무와 어려운 임무가

있을 뿐이죠.

그는 최대한 빨리 작업을 해보겠다고 이야기했다. 시간은 걸리겠지만, 분명히 자료를 챙길 수 있을 것이라고 말했다. 사실일 것이다. 시간이 문제였지 세상에 완벽한 비밀이란 건 없는 법이니까.

자료를 얻게 되면 백작가는 완전히 몰락시킬 수 있다. 하지만 주혁은 걸리는 게 있었다. 얼마 후면 2황자가 보위를 물려받을 것이라는 점이었다.

'가능하면 그전에 일이 마무리가 되면 좋을 텐데.'

2황자가 보위에 오른 후에는 여러 가지로 일이 복잡해진다. 그래서 그전에 일을 마무리했으면 좋겠다고 생각했는데, 그건 시간상으로 무리가 있었다. 장례식이 끝나고 나서 곧바로 보위에 오를 것이기 때문이었다.

사실, 문제는 간단할 수 있다. 동전을 사용하면 된다. 하지만 이런 일에 동전을 사용하는 게 과연 타당한지에 대해서는 확신이 들지 않았다. 시간이 지나면 자연스럽게 해결할 수 있는 문제긴 했으니까. 하지만 그렇게 되면 황실도 나라도 엄청난 일을 겪어야 할 것이다.

"동전을 사용해야 하나? 그리고 사용을 해야 한다면 언제 사용해야 하지?"

주혁은 계속 생각했지만, 결론이 나지는 않았다. 계속해서 고민을 하느라 밤을 지새웠지만, 해답을 얻을 수는 없었다.

다음 날 아침, 주혁은 뜬눈으로 밤을 지새우고 나서 고민 끝에 결정을 했다. 이 문제의 열쇠는 창욱이 가지고 있는 게 아니었다. 조만해. 바로 그가 모든 문제의 핵심이었다. 그래서 그를 직접 만나보고 결정하기로 마음먹었다.

그래서 사람들이 많지 않은 때에 백작가를 방문하기로 했다. 주혁의 연락을 받은 창욱은 의아해하면서도 자신의 집에서 만나자고 하니 흔쾌히 승낙했다.

"가능하면 사람들이 거의 없는 시간이 좋겠군요."

—아무래도 그렇겠죠? 오후 2시 정도가 좋겠군요. 대부분 장례식에 참석을 할 시간이니까요.

"그러면 혹시 집에는 누가 남아 있는 겁니까? 혹시 백작님은?"

—아, 조부님은 몸이 불편하셔서 계실 건데, 밖으로 거동을 하지는 않으실 테니 그건 신경 쓰지 않아도 될 겁니다. 일하는 사람들이 몇 있을 거긴 하지만 제가 알아서 불편함이 없게 해놓죠.

창욱은 사람들이 알아채지 못하게 하겠다고 이야기했다. 그는 주혁이 사람들의 눈에 띄는 걸 싫어한다고 생각하는 모양이었다.

"알겠습니다. 그럼 이따가 도착하기 전에 연락하겠습니다."

통화를 마친 주혁은 외출 준비를 서둘렀다. 시간은 빠르게 흘렀다. 이런저런 상념에 빠져 있었더니 정신을 차려보니 벌써 출발해야 하는 시간이 되었다. 주혁은 차를 몰고 백작가를 향해 출발했다.

"어서 오시지요."

창욱은 지하 주차장에서 주혁을 맞이했다. 주변에는 아무런 사람도 없었다. 어차피 그도 사람들에게 지금 상황이 알려지는 걸 바라지는 않았으니까. 그래서 집안에도 일하던 사람들을 잠시 내보낸 상태였다.

주혁을 어떻게 해볼까도 생각했었지만, 그가 어떤 대비를 하고 있는지 모르는 상태에서 섣불리 건드리는 건 부담이 되었다. 그리고 그의 무술 실력이 보통이 넘는다는 것도 문제였고. 그래서 오늘은 이야기를 잘 풀어나가는 걸 목표로 하고 있었다.

"안에는 아무도 없으니 편안하게 이야기를 해도 됩니다."

거실로 주혁을 안내해 온 창욱은 자리에 앉기를 권했다.

"그래도 집에 왔는데 백작님께 인사라도 드려야겠군요."

"그럴 것까지는 없습니다. 몸이 불편하셔서……."

창욱은 가벼운 거절의 뜻을 표시했지만, 주도권은 주혁이 가지고 있었다. 그래서 주혁이 잠깐 인사만 하겠다고 말하자 그는 거절할 수 없었다. 조부에게 잠깐 인사만 하겠다는 걸 굳이 막는 것도 우스웠다.

그리고 조부는 주혁이 왔다는 걸 알아도 문제가 되지 않는다고 생각했다. 이미 실권은 자신이 모두 틀어쥐고 있고, 그는 이빨 빠진 호랑이나 마찬가지였으니까. 그래서 만해의 침실로 주혁을 안내했다.

주혁은 조만해를 직접 보는 것이 처음이었다. 주혁의 눈에 비친 만해는 병색이 완연하고 얼굴에 검버섯이 가득한 노인이었다. 하지만 거대한 몸집과 날카로운 눈빛은 예전의 그가 어떤 인물이었다는 걸 보여주고 있었다.

'가증스러운 인간.'

창욱이 무어라고 이야기를 하고 만해도 반응을 보였지만, 주혁에게는 하나도 들리지 않았다. 주혁은 도대체 어떤 인간인지 확인하기 위해서 곧바로 능력을 사용했다.

창욱이 웃으면서 만해를 부축하려 하고 있었고, 만해 역시 미소를 지으면서 자리에서 일어나려고 힘을 쓰고 있었다. 그 상태에서 시간은 정지했고, 주혁의 눈에서 엄청난 광채를 내뿜는 빛이 만해의 머리를 향해서 뿜어져 나갔다.

방 안이 온통 환하게 물들었고, 모든 것이 빛에 휩싸여 형체가 흐릿하게 보였다. 어딘가 다른 세상에 와 있는 듯한 느낌마저 들었다. 환상적이고 몽환적인 그런 풍경이 연출되었지만, 주혁은 오로지 만해의 기억을 보는 데만 집중하고 있었다.

만해의 기억은 여러 가지 측면에서 일반인과는 달랐다. 가장 다른 점은 저항력이 있다는 점이었다. 오드아이를 비롯한 상자 능력자들에 비할 바는 아니지만, 그래도 일반인에게서 이런 저항력은 처음 경험하는 것이었다.

주혁은 조만해가 상자와 인연이 있는 것이 아닌가 하는 의심까지 했다. 지금까지는 일반인이 이런 저항을 한다는 건 생각지도 못했으니까.

'정신력이 그만큼 강하다는 건가?'

하지만 주혁의 능력 앞에서는 무용지물이었다. 미약한 저항은 순식간에 제압되었고 주혁은 그의 기억을 살필 수 있었다. 그의 기억을 접하고 주혁은 다시 한 번 놀랐다. 기억이 엄청나게 방대했던 것이다.

워낙 파란만장한 일생을 살아와서 그런 것인지 나이가 많아서 그런 것인지는 모르겠지만, 엄청난 양의 기억이었다. 주혁은 살짝 놀랐지만, 침착하게 차근차근 기억을 뒤지기 시작했다.

그의 악행은 실로 놀라운 것이었다. 그는 친일파의 실질적인 우두머리로 사람들에게는 거의 알려지지 않은 인물이었다. 그래서 신분 세탁이 가능한 거였다. 그의 정체를 아는 자는 조선총독부의 최고위층 몇 명과 친일 거두 몇 명밖에 없었으니까.

그리고 그가 신분 세탁을 할 수 있었던 것은 해방과 6.25라는 어수선한 시기에 많은 사람이 죽고, 정보가 없어졌기 때문에 가능한 거였다. 미군에게 협조하면서 성공적으로 신분을 세탁한 그는 그 이후로는 철저하게 세력 불리기에 힘을 쏟았다.

'그런 능력을 좋은 일에 쏟을 것이지.'

주혁은 혀를 찼다. 분명히 능력은 있는 사람이었다. 그렇지 않았다면 지금의 백작가를 이룩하지도 못했을 것이다. 하지만 그 좋은 능력을 왜 그런 식으로 사용했는지 이해를 할 수 없었다.

그렇지만 주혁이 본 것은 시작에 불과했다. 그의 야망은 엄청난 것이었다. 그는 자신이 조선의 일인자가 되기를 원했다. 일본에 협조를 하는 대신 황실을 모두 제거하고 나면 조선의 총독 자리에 앉기로 이야기가 되어 있었던 거였다.

'완전히 미친놈이야. 권력에 미친 인간.'

하지만 그 꿈이 좌절되자 이번에는 백작가문이 대한민국을 집어삼키는 그런 야망을 갖게 되었다. 그래서 가지고 있는 거대한 자본을 바탕으로 사업을 일으켰고, 차근차근 준비를 해왔다. 그런데 그러던 중에 문제가 생긴 거였다.

아들인 기용에게 기대를 걸고 있었는데, 그가 비밀을 알고는 완전히 자신에게 등을 돌리자 그는 손자들에게 그 기대를 돌렸다. 그러던 중에 예전 황태자가 백작가의 비밀에 접근을 해왔다. 만해는 백작가의 비밀이 밝혀지는 걸 용납할 수 없었다.

'이런 약물이 있었나?'

처음 들어보는 그런 약물이었다. 조선 시대부터 전해 내려오는 아주 신비로운 약물. 이 약물은 두 가지였다. 둘 다 몸에는 아무런 이상이 없는 그런 거였다. 그런데 두 약물이 합쳐지면 심장마비를 일으켰다.

주혁은 이 약물이 조선의 왕의 죽음과도 관계가 있다는 사실도 알았다. 독살당했다고 의심되는 왕들은 대부분 이 약에 당한 거였다. 소현세자와 효종이 그랬고, 정조와 고종도 이 약에 당한 거였다.

주혁은 참을 수 없는 분노를 느꼈다. 자신들의 힘을 유지하기 위해서 이런 짓을 해온 무리가 있다는 것에 화가 끓어올랐다. 그들은 자신의 권력이 가장 중요했던 것이다. 나라가 어떻게 되고 민초나 국민이 어떻게 되고는 아무런 관심도 없는 것들이었다.

'게다가 황제를 협박까지?'

황제도 백작가가 이상하다는 건 알고 있었다. 황태자로부터 이야기를 들었으니까. 하지만 황실을 없애 버리겠다는 협박에 참아야 했다. 황제가 욕쟁이가 된 것도 그 이후였다. 그러지 않고서는 화를 풀 방법이 없었기에.

조만해는 황제가 조용히 세력을 모으고 있다는 것도 알고 있었다. 해외 유력한 정치인과의 만남도 주목하고 있었고, 황실 집사인 음형식과 이종준 공작이 움직이고 있다는 사실도 알고 있었다.

그러고 보면 시진핑을 만난 자리에도 황실 집사인 음형식이 있지 않았던가. 주혁은 예전부터 자신이 이 커다란 싸움과 관련이 있었다는 사실을 깨달았다. 그리고 지금 이렇게 된 것이 어쩌면 운명일지도 모른다는 생각을 했다.

'황태자와 2황자에게 먹인 약물을 빨리 제거해야겠어.'

주혁은 황실이 백작가와는 사이가 좋지 않으면서도 결혼을 한 점이 이상하다고 생각했었는데, 어쩔 수 없는 거였다. 그렇지 않으면 황태자를 죽이겠다고 협박을 해서 그리 된 거였다. 그나마 다행인 점은 황제는 살해당한 건 아니었다.

언젠가는 만해가 손을 쓰려고 하고는 있었다. 2황자를 보위에 올릴 준비를 하면서 때를 보고 있었는데, 갑자기 황제가 자연사를 한 거였다. 평생을 백작가를 제거할 방법을 찾다가 결국에는 꿈을 이루지 못하고 눈을 감은 거였다. 약물에 대한 비밀도 풀지 못한 채.

조만해는 자신의 외손자를 황제로, 그리고 손자인 형욱을 대통령으로 만들 생각이었다. 그렇게 자신의 후손이 대한민국을 거머쥐게 해서 자신이 못다 한 꿈을 이루려고 한 거였다. 그리고 주혁이 생각하기에도 그 꿈은 거의 손에 잡힐 듯한 곳까지 와 있었다.

'하지만 이제는 끝이다. 당신에게 남은 건 파멸밖에는 없어.'

주혁은 시간이 걸리더라도 천천히 문제를 풀겠다는 생각을 접었다. 곧바로 이들의 정체를 폭로해서 완벽한 파멸로 몰고 가리라 결심했다.

*　　*　　*

주혁은 곧바로 동전을 사용했다. 하루가 반복되도록 동전 한 개만 사용을 했는데, 다행스럽게도 147이라는 숫자가 나왔다. 일을 꾸미기에는 충분한 시간. 주혁은 미스터 K와 백작가에 있는 자료를 빼내기 위해서 계속해서 시도를 했다.

방비가 대단하기는 했지만, 반복되는 시도를 완벽하게 막는다는 건 불가능한 일이었다. 결국 방법을 찾을 수가 있었는데, 지하로 침입해서 구멍을 뚫어 비밀 공간으로 들어가는 방법을 사용해서 한 거였다.

그게 숫자가 두 자리로 줄어들기 직전 상황이었다. 이미 알고는 있었지만, 거기에 있는 자료를 보고는 정말 기가 막혔다. 그런 행태를 보이고도 이렇게 떵떵거리고 잘사는 자가 있다는 것에 대해서 분노가 치밀었다.

몇 차례 더 시도를 한 끝에 아주 빠른 시간 안에 자료를 빼낼 수가 있었고, 미리 준비해 놓은 자료와 함께 믿을 만한 언론과 검찰에 그것을 보냈다. 미리 이야기를 해둔 상태라서 이 놀라운 내용은 빠르게 퍼져 나갔다.

주혁의 머리에는 분노만이 가득했고, 백작가는 반드시 파멸해야 한다는 생각밖에는 없었다. 그리고 그 사실이 알려지자 대한민국 전체가 난리가 났다. 주혁이 생각한 것과 비슷한 반응이었다.

있을 수도 없는 일이 일어났다며 사람들은 격분했고, 사회 전체가 어수선해졌다. 이런 상황에서 도대체 누굴 믿을 수 있겠는가. 백작가의 사람들과 연관된 회사까지 직격탄을 맞았다. 다른 귀족들에 대한 검증도 이루어져야 한다는 말이 나왔다.

보위에는 황태자가 오르는 것으로 바뀌었지만, 대한민국이 받은 충격은 쉽사리 가라앉지 않았다.

주혁은 정보를 넘긴 후 밴쿠버로 갔지만, 돌아가는 상황을 계속해서 주시하고 있었다.

* * *

대한민국에서 밝혀진 백작가의 일은 전 세계를 강타했다. 워낙 드라마틱한 사건이라서 자주 보도가 되었는데, 대한민국이 정치, 경제와 사회 전반적으로 상당히 흔들릴 만큼 큰 파문이 일었다. 그리고 생각했던 것보다 심각한 일들이 벌어지고 있었다.

"MH 그룹은 공중분해될 것 같은데요? 부도가 나는 회사들도 제법 될 것 같고요."

장백이는 심각한 표정으로 이야기했다. 백작가의 기업이니 당연한 일이었다. 이미지에 돌이킬 수 없는 타격을 입어서 MH라는 간판을 걸고는 어떤 것도 할 수 없는 지경에 이르렀다. 그룹은 붕괴되어 가고 있었다.

"어쩔 수 없지. 그리고 기업은 다른 곳에서 인수하면 되니까."

주혁도 말은 그렇게 했지만, 일이 너무 커졌다는 생각이 들었다. 국민들의 분노는 가라앉을 기미가 전혀 보이지 않았고, 백작가와 조금이라도 관련이 있는 사람들은 심한 공격을 받았다.

그런 마음을 이해하지 못하는 건 아니었다. 하지만 MH 그룹 계열의 회사에 다닌다는 이유만으로 손가락질을 받는다거나 아무런 잘못이 없는 아이들까지 공격을 받는 건 좀 아니다 싶었다.

모든 일의 원흉인 조만해는 충격으로 쓰러져 의식불명 상태가 되었고, 창욱은 체포되었다. 하지만 2황자비인 조희진과 국회의원인 조형욱은 상황이 아주 미묘했다. 특별한 제재가 가해지지는 않았다. 그들은 죄가 없었기 때문이었다.

하지만 사람들의 비난은 그들에게 쏟아졌다. 당연한 일 아니겠는가. 그들은 백작가의 직계였으니까.

그래서 주혁은 생각이 많아졌다. 과연 그들이 고통을 받는 게 정당한가에 대한 거였다.

잘못을 한 본인들이야 죄의 대가를 받아야 마땅하다. 하지만 아무것도 모르는 그 후손도 그 죄를 짊어져야 하는 것일까? 더구나 그 둘은 모두 의미 있는 일을 하고 있는 사람들이었다. 희진은 봉사 활동으로, 형욱은 서민들을 위한 의정 활동으로 사람들의 사랑을 받고 있었다.

하지만 이제는 세상에 둘도 없는 쓰레기에 가식덩어리라는 취급을 받고 있었다. 주혁은 그들이 그렇지 않다는 걸 알고 있어서 더욱 고민이 되었다.

둘의 기억을 직접 본 적은 없다. 하지만 만해와 창욱의 기억 속에 있는 둘의 모습은 직접 보았다. 둘 다 가문에 대한 자부심을 가지고 있고, 그래서 구설수에 오르지 않게 몸조심을 하면서 사회에 헌신하려는 사람들이었다.

그런 모습을 가식이라고 여기는 사람도 있었다. 하지만 주혁은 그건 아닐 것이라고 생각했다. 만해와 창욱의 기억 속에 있는 둘의 모습에 진실함이 담겨 있었으니까.

"안타깝기는 하지만 감수해야지."

주혁은 찜찜한 구석이 있기는 했지만, 설마하니 무슨 일이 생기겠느냐고 생각했다.

하지만 일은 거기에서 멈추지 않고 점점 커졌다. 그리고 결국 비극적인 사건이 벌어지고 말았다.

"이런… 자살을 할 것까지는 없었는데……."

2황자비인 조희진이 스스로 목숨을 끊었다. 평생을 독립운동을 한 명문가의 후손이라고 생각하면서 살아왔던 그녀에게 이번 일은 너무나도 큰 충격이었다. 게다가 빗발치듯

쏟아지는 비난도 감수하기 어려웠다.

유일하게 기댈 곳이라고는 남편인 2황자밖에는 없었다. 아버지인 조기용와 오빠 조형욱도 올바른 일을 하면서 살아왔지만, 자신보다 더 거센 비난에 직면해 있었다. 그러니 그들에게 어떻게 기댈 수 있겠는가. 스스로 버티기도 힘겨울 텐데.

하지만 자신을 그렇게 사랑하던 2황자도 변했다. 자신을 차가운 눈으로 바라보고 의심에 찬 눈초리를 보냈다. 그래서 그녀는 그런 상황을 견디지 못하고 극단적인 선택을 하고 만 거였다. 안타까운 것은 그녀가 임신 중이었다는 점이었다.

유서에 그런 언급이 없는 것으로 보아 아마 그녀 본인도 몰랐던 듯했다. 의사가 검사를 하다가 발견한 거였는데, 이 사건으로 황실이 큰 충격에 휩싸였다. 그렇지만 그건 비극의 시작에 불과했다.

그녀의 오빠인 조형욱도 동생의 죽음에 넋을 잃었다. 그는 선조의 잘못을 크게 부끄러워하며 자신이 그 죄를 조금이나마 갚겠다고 하고는 자살했다. 그는 장문의 유서에 그동안 자신이 한 행동이 오해받지 않았으면 좋겠다는 말을 남겼다.

그들의 아버지인 조기용도 회사 창문에서 투신해서 생을

마감했다. 두 자식이 그렇게 자살을 한 것을 보고 생에 대한 미련을 버렸던 것이다.

그리고 아내와 아이를 동시에 잃은 2황자도 슬픔에 빠져 있다가 자살을 시도했다. 가장 신뢰하고 믿었어야 할 자신이 외면해서 두 명을 죽게 했다는 자책감에 극단적인 일을 벌인 것이었다. 다행히 목숨은 건졌지만, 여전히 위독한 상태였다.

대한민국은 연이어 벌어진 충격적인 사건에 패닉 상태가 되었다. 나라 전체가 우울함에 빠졌고, 서로를 믿지 못하는 풍토가 만연했다.

주혁은 심각한 고민에 빠졌다. 과연 자신이 벌인 일이 옳은 것이었나 하는 것을 놓고 말이다. 백작가가 응징을 받아야 하는 건 당연한 일이다. 그것에 대해서는 조금의 후회도 없었다. 하지만 과연 자신이 한 방법밖에는 없었을까 하는 생각이 들었다.

그러다가 인터넷에서 누군가의 글을 보고는 생각을 다시 하게 되었다. 글에는 왜 좋은 사람들만 죽고 진짜 악당은 살아 있느냐는 거였다. 원흉인 만해와 창욱은 살아 있는데, 그나마 선행을 하던 희진과 형욱, 그리고 기용만 죽은 게 잘못된 거 아니냐는 내용이었다.

"이건 아니다. 이런 식으로 죄가 없는 사람들까지 죽게 만드는 건 잘못된 일이야."

주혁은 자신이 너무 경솔하게 행동했다고 결론지었다. 조금 더 깊이 생각해서 신중하게 행동했어야 했다. 주혁은 곧바로 한국행 비행기를 탔다. 자신이 잘못한 내용을 바로잡기 위해서였다.

한국으로 돌아온 주혁은 곧바로 동전을 사용했다. 그리고 42일 전으로 돌아갔다.

*　　*　　*

—백작가가 친일파였다니, 그게 사실입니까?

두바이에서 주혁은 미스터 K와 연락을 취했다. 워낙 뜻밖의 일이라서 미스터 K도 무척 놀라는 눈치였다. 주혁은 중요한 정보가 숨겨져 있는 장소를 말해주고 그걸 빼낼 수 있는 방법도 일러주었다.

"조만간 한국에 들어갈 예정인데, 그전까지는 작업을 준비만 해놓고 있으면 됩니다."

—알려주신 내용이 워낙 자세해서 준비하는 건 문제가 없을 것 같습니다. 그런데 언제 오실 예정이신지요.

주혁은 이틀 정도는 시간을 낼 수 있지 않을까 생각했다. 이미 어떻게 촬영해야 하고, 어떤 부분에서 주의해야 하는지 모두 알고 있다. 그러니 촬영 시간을 앞당길 수 있을 것이다. 주혁은 확실하게 정해지면 알려주겠다고 하고는 통화를 마쳤다.

"프라하에 가기 전에 시간을 빼는 걸로 하면 되겠지."

주혁은 브래드에게 다가가서 손짓을 하면서 이야기했다. 그는 부르즈 할리파 건물과 자신의 위치, 그리고 어떻게 움직일지를 손으로 그렸다.

"크게 도는 게 좋을 것 같아요. 이 지점에서 강하게 점프해서 이쪽으로 이렇게 돌아서 오는 거지요. 그편이 훨씬 보기 좋을 것 같지 않아요?"

당연히 그러는 게 훨씬 보기 좋다. 이미 여러 번 촬영해서 확인한 거였으니까. 물론 시간을 되돌리기 전에 경험을 한 것이라 다른 사람들은 모르는 것이었지만.

"그래. 생각한 대로 한번 해보라고."

브래드는 호탕하게 그러라고 했다. 지금까지 그가 하겠다고 한 것들이 모두 좋은 결과를 가져왔으니 감독으로서는 말릴 이유가 없었다. 게다가 말만 들어도 무척이나 박진감 있고 시원한 광경이 그려졌다.

"참, 브래드. 혹시… 촬영이 순조로워서 일정이 조금 앞당겨지는 경우가 생기면, 프라하에 가기 전에 잠시 한국에 다녀와도 될까요? 혹시라도 그런 일이 생긴다면 말이에요."

"촬영장에서 일정이 앞당겨진다? 미스터 강이 유머가 늘었군. 알았네. 만약 그런 일이 생긴다면 시간을 주지."

브래드는 기분 좋게 웃으면서 이야기했다. 주혁도 따라 웃었다. 그리고 그날 이후로 촬영장에서는 사람들이 주혁이 신들린 것처럼 연기를 한다는 이야기가 돌았다. 기가 막힌 액션과 연기를 선보여서 한 테이크에 오케이가 떨어지는 일이 종종 나왔기 때문이었다.

촬영은 촬영대로 아주 순조로웠고, 반응도 좋았다. 그리고 시간도 상당히 단축되었다. 사람들은 이런 경우는 처음이라면서 신기해했다. 브래드는 아주 만족스러운 얼굴로 주혁에게 말했다.

"프라하 일정은 그대로 가기로 했어. 그러니 잠깐 다녀오라고."

"고마워요, 브래드. 다녀올 때 선물을 사 가지고 오죠. 복분자라고 아주 좋은 거 있어요."

"선물은 무슨. 다녀와서 프라하에서도 여기처럼만 하자고."

주혁은 사람들과 인사를 나누고는 한국행 비행기에 몸을 실었다. 그리고 출발하기 직전에 미스터 K에게 연락해서 작전을 시행하라고 말했다. 그래서 주혁이 도착했을 때, 미스터 K는 비밀 장소에 있는 자료를 옮겨놓은 곳으로 주혁을 안내할 수 있었다.

"저도 놀랐습니다. 이런 일이 있었을 줄이야."

"여기는 안전하겠죠?"

"100%라고 할 수는 없겠지만, 이곳보다 안전한 장소는 대한민국에 많지 않을 겁니다."

주혁은 고개를 끄덕이고는 밖으로 나왔다. 이번에 귀국한 것은 다른 사람에게는 알리지 않았다. 주혁은 일단 황제를 만나서 이 문제를 상의할 생각이었다. 개인적으로 어떻게 처리하는 게 좋을지 생각하고 있는 바가 있었지만, 황제의 의견도 들어보는 게 좋다고 생각해서였다.

주혁은 오랜만에 집사인 음형식에게 연락했고, 음형식은 기다렸다는 듯 약속을 잡았다. 가능하면 다른 사람의 이목을 끌지 않기 위해서 변장을 하고는 움직였다. 주혁은 황제의 침실로 안내를 받아 들어갔는데 황제는 무척이나 야위어 있었다.

척 보기에도 건강이 좋지 않아 보였다. 주혁은 인사를 하고는 침대 옆에 있는 의자에 앉았는데, 황제는 인자한 미소를 하고는 주혁에게 말을 걸었다.

"자네였군. 그래, 내가 자네일 줄 알았지."

황제는 알 수 없는 이야기를 했다. 그는 자글자글한 손을 들어서 주혁의 손을 잡았다. 그러고는 힘겹게 숨을 내쉬고는 말을 이었다.

"자네가 온 걸 보니 내가 죽을 날이 얼마 남지 않았나 보구먼. 그래, 썩어 문드러질 만해 그놈의 비리를 찾았겠지?"

주혁은 어안이 벙벙했다. 하지만 이어지는 황제의 말을 듣고는 어찌 된 영문인지 알 수 있었다.

황제에게 지금 이야기를 해 준 건 알란이었다. 황제는 1940년 즈음에 들었다고 기억하고 있었다.

"이상한 외국인이라고 생각했지. 하지만 믿지 않을 수 없었어. 그가 한 말이 모두 맞았거든."

황제는 힘겹게 숨을 몰아쉬다가 다시 말을 이었다.

"어떻게 할 생각인가?"

"무엇을 말씀하시는 건지요?"

주혁은 처음에 와서는 어떻게 이야기를 풀어가야 할지 고민을 했었다. 어디까지 이야기해야 황제가 믿을지 감이 잘 오지 않아서였다. 하지만 알란의 안배 덕분에 그런 수고를 덜었다.

"알란이 그러더군. 손자들 결혼식은 볼 수 있을 거라고. 하지만 증손주는 볼 수 없을 거라더군. 큰 며늘아기가 아이를 가졌으니 내가 곧 죽겠구나 하고 있었지."

황제는 힘없이 웃었다. 황제는 그러면서 그가 그때가 되면 자신이 가장 바라는 걸 해결해 줄 사람이 올 것인데, 일은 전적으로 그에게 맡겨야 한다고 말했다는 거였다.

"죽을 때가 되니까 알겠더군. 내가 정말 원하는 것이 무엇인지를 말이야."

황제는 지금까지 온갖 노력을 해왔지만, 자신의 힘으로는 도저히 문제를 해결할 수 없었다면서 안타까워했다. 그러면서 주혁이 어떤 이야기를 할지 무척 기대하는 눈치였다. 주혁은 그 말을 듣고는 잠시 생각을 하다가 천천히 이야기를 시작했다.

이야기는 상당히 오랜 시간 진행되었다. 상자와 관련된 이야기를 제외하고는 상당히 많은 부분을 털어놓았는데, 황제는 그 말을 모두 믿는 듯했다.

어떻게 그런 사실을 알았는지 같은 건 물어보지도 않았다. 그보다는 어떻게 조만해를 단죄할 것인가에 관심을 가졌다. 하지만 주혁의 이야기가 진행되면서 그의 표정이 급격하게 어두워졌다.

"작은 며늘아기가?"

주혁은 자신이 본 비극을 말해주었다. 황제는 주혁이 알란과 같이 미래를 볼 수 있는 능력이 있다고 믿는 모양이었다. 황제는 고개를 내저었다.

"작은 며늘아기는 착한 아이야. 아무리 조만해 그 씨부럴 놈이 개떡 같은 놈이라고 해도 그럴 수야 없지."

역시나 황제는 단죄하기는 원했지만, 시간을 되돌리기 전과 같은 비극적인 결말을 원하지는 않았다. 그래서 주혁은 황제에게 물었다.

"그러니까 조만해의 죄는 물어야 하지만, 죄가 없는 사람에게는 피해가 가지 않아야 한다는 거군요."

"그거야 당연한 거 아니겠나. 아무리 그놈이 밉더라도 다른 사람에게 돌아가는 피해를 나 몰라라 한다면 우리가 그놈하고 다를 게 무에가 있겠나 말이야."

주혁은 부드러운 미소를 지었다. 그의 생각도 마찬가지였기 때문이었다. 하지만 두 가지를 모두 충족하기는 쉽지 않았다. 그래서 그 문제를 가지고 황제와 조금 더 이야기를 나누었다. 주혁은 자신이 생각한 이야기를 했고 황제는 잠시 생각에 잠겼다.

"조금 아쉽긴 하군."

주혁은 백작가가 친일파였다는 사실을 세상에 공표하지는 않기로 했다. 그것이 공표되면 비극적인 결말은 피할 수 없다. 대신 조만해가 가진 모든 것과 가장 바라는 것을 철저하게 허물기로 결정했다.

"그래도 자네가 이야기한 것이 가장 좋은 방법인 것 같군. 그것이 나라를 위해서도 좋은 일이고."

황제는 조용히 고개를 끄덕이더니 주혁에게 부탁한다는

말을 했다.

"제가 확실하게 마무리하겠습니다. 바로 내일 움직일 생각이니 곧 결과를 들으실 수 있을 겁니다."

"고맙네. 이렇게 애써주는데 딱히 내줄 게 없구먼. 일이 끝나면 한번 오게. 마지막으로 늙은이 말벗이나 해주게나."

"알겠습니다. 확실하게 일을 마치고 다시 오겠습니다."

주혁은 인사를 하고는 밖으로 나왔다.

황제는 주혁의 뒷모습에서 눈을 떼지 못했다. 그의 손에는 곱게 접힌 종이가 하나 있었다.

*　　*　　*

주혁은 형욱을 찾아갔다. 형욱과 기용의 기억도 살피기 위해서였다. 가능하면 보통 사람들에게는 사용하지 않으려고 했지만, 이번에는 사안이 워낙 중요해서 반드시 확인을 해야 했다. 그들이 어떤 생각을 가지고 있는지를 알기 위해서.

동문이라 연락을 하고 찾아갔는데, 마침 그 자리에 기용도 함께 있었다. 안 그래도 따로 찾아가서 기억을 살피려고 했었는데, 잘되었다는 생각을 하고는 주혁은 능력을 사용했다.

주혁은 먼저 형욱의 기억을 살폈다. 많은 기억 중에서 주혁은 그와 동생인 희진이 어떤 사람인지 잘 알 수 있는 기억을 살폈다. 형욱이 대학생일 때의 기억이 영화처럼 눈앞에 펼쳐졌다.

"오빠. 요즘 무슨 일 있지?"
"왜?"

조희진이 보기에 작은 오빠인 형욱은 전과는 완전히 달라졌다. 전에는 자기 잘난 맛에 사는 철부지 느낌이 있었는데, 지금은 그런 게 많이 없어졌다. 사람이 좀 진지해졌다고나 할까.

전에도 멋지긴 했다. 키 크고 잘생기고 공부도 잘하고. 운동도 잘하는 데다가 최고의 명문이라는 백작가의 차남이었으니까. 하기야 그런 상황에서 자아도취에 빠지지 않는 게 더 이상할 수도 있을 것이다.

하지만 지금이 훨씬 보기 좋았다. 무슨 일 때문에 그런지는 모르겠지만, 이제는 정말 멋진 남자가 되었다.

"너는 연애는 잘돼가고?"

"그럼. 우리 홍 황자님은 얼마나 다정다감하신데. 그리고 민 공주님도 굉장히 귀여워."

희진은 손을 모으고는 방 안을 춤을 추듯 움직였다. 하늘거리는 옅은 분홍색 플레어스커트가 움직임에 따라서 팔랑거렸다. 형욱은 그런 동생을 보면서 미소 지었다. 참 밝고 명랑한 아이였다. 보고만 있어도 기분이 좋아지는, 티 없는 순수함을 가진 그런 아이였다.

"세상에는 잘난 사람 많더라고. 그런데 나만 가만히 멈춰 있을 수는 없지."

"오오~ 우리 오빠 완전히 각성했는데? 그러면 졸업하면 뭐할 건데?"

"바로 정치에 입문할까 해. 거기에 내가 할 일이 있을 것 같아서."

형욱은 아버지가 노동자의 말에 귀를 기울이고 그들을 배려하는 것처럼, 자신은 국회에 들어가서 서민들의 입장을 대변하겠다고 했다.

"사람들이 재벌가 사람이라고 이상하게 생각하지 않을까?"

"그런 사람도 있겠지. 하지만 사람들이 아버지를 이상하게 생각하지는 않잖아. 꾸준히 그래 오셨으니까. 그러니까 나도 초심을 잃지 않으면 사람들이 알아줄 거야. 그때까지는 내가 잘 견뎌야지."

희진은 오늘따라 오빠가 정말 멋있게 보였다. 어머니가

달라서 그런지는 모르겠지만, 큰오빠보다는 작은오빠가 자신과는 훨씬 잘 맞는 느낌이었다.

"우리 백작가문이 해온 게 있잖아. 독립운동에 헌신했고, 대기업이긴 하지만 노동자와도 원만한 관계를 유지했고. 그러니까 나도 그 뒤를 이어야지."

형욱은 당연한 일을 하는 거라고 이야기했다.

여기까지 확인한 주혁은 형욱이 자신이 생각한 것과 크게 다르지 않다는 사실을 확인할 수 있었다. 그래서 이번에는 기용의 기억을 살폈다.

기용은 형욱과 이야기를 하고 있었다. 형욱은 동생에게 한 것과 같은 이야기를 아버지인 기용에게도 했다.

"그래? 장한 결심을 했구나."

언제나처럼 기용은 작은 목소리로 말했다. 하지만 오늘따라 무척이나 따스한 표정으로 형욱을 바라보고 있었다. 형욱의 결심이 얼마나 대견한가. 하지만 그래서 더 걱정이 되었다. 이 아이가 사실을 알게 되었을 때 얼마나 충격을 받게 될지를 잘 알기 때문에.

형욱이 나간 뒤 기용은 예전 일이 떠올랐다. 아버지의 침실에 갔다가 자신도 모르는 공간이 있는 걸 발견했다. 그리고 그 안으로 들어갔다. 거기서 기용은 너무나도 충격적인 사실을 알게 되었다.

자신이야 해방 직전에 태어났으니 당연히 백작 가문이 독립운동에 헌신한 유수의 가문이라고 알고 자랐다. 그리고 그것에 대해서 엄청난 자부심도 있었고. 하지만 그것이 모두 거짓이었다니.

그리고 거기서 자신을 본 아버지 조만해의 표정은 절대로 잊지 못할 것이다. 평소에 엄격한 부친이라는 생각은 가지고 있었지만, 설마 그런 눈으로 자신을 노려볼 줄은 몰랐다. 살기를 띤 눈빛이라는 게 어떤 것인지 처음으로 경험하게 되었다.

그 후로 자신의 삶은 살아도 산 게 아니었다. 회사의 대표를 하면서 가능하면 사람들에게 잘해주려고 애썼다. 그것만이 유일하게 속죄할 수 있는 길이라고 생각했기 때문이었다. 하지만 아무리 그래도 가슴을 누르는 무거운 짐은 덜어지지 않았다.

사람들에게 좋은 이야기를 들을 때마다 오히려 두려워졌다. 차라리 사람들에게 사실을 알리고 용서를 구할까도 생각했었지만, 적어도 아버지가 살아 있는 동안에는 그럴 수 없을 듯했다. 아무리 아들이라고 하더라도 그런 짓을 용서할 부친이 아니었으니까.

마음에 들지 않는다는 이유로 자신의 아내와 처가를 무자비하게 지워 버린 부친이었다. 자신도 반항한다면 마찬가지 길을 걷게 될 것이다. 그래서 아이들의 교육에 신경을 썼다. 앞으로라도 잘못된 걸 바로잡기 위해서.

"도대체 하늘은 왜 이렇게 나를 괴롭힌단 말이냐. 왜?"

기용은 머리를 감싸 쥐었다. 자신이 사랑한 유일한 여자. 그 여자의 아이인 창욱은 점점 성격이 이상해졌다. 오히려 자신보다는 아버지인 만해를 닮은 아이였다.

그리고 자신이 전혀 사랑하지 않는 여자. 그저 정략적인 이유로 맺어진 여자에게서 태어난 형욱과 희진은 바르게 컸다. 이 얼마나 아이러니한 일인가. 차라리 무슨 병이라도 걸려서 빨리 이 세상을 뜨고 싶은 생각마저 들었다.

여기까지 기억을 살핀 주혁은 기용의 처지가 안타깝다는 생각이 들었다. 자신의 아버지가 지은 죄 때문에 얼마나 힘든 삶을 살아온 것인가. 그렇게 두 사람의 기억을 살핀 주혁은 인사를 하고 밖으로 나왔다.

그리고 결심을 굳혔다.

* * *

저항은 있었지만, 결과가 달라지지는 않았다. 증거가 있는 이상 어떻게 할 수 없는 상황이었기 때문이었다. 그 자료가 어떤 것이던가. 절대로 다른 사람이 알아서는 안 되는 그런 것들이다. 대한민국에서 친일이란 건 바로 파멸을 의미했으니까.

해방이 되면서 모든 친일파가 척결되었다. 당연한 일 아니겠는가. 해방이 되고도 친일을 한 사람들에게 죄를 묻지 않는다면 그게 정상이겠는가. 친일을 한 사람들은 죄의 경중에 따라서 모두 처벌받았다.

그 당시 친일 인사에 대한 처벌을 놓고 미국 군정과 마찰이 있었지만, 명분은 이쪽에 있었다. 개중에 사안이 경미한 사람 중에는 어영부영 빠져나간 사람이 있을 수도 있다. 철저하게 조사를 한다고 했지만, 전쟁 통에 자료가 많이 없어졌기 때문이었다.

하지만 친일의 주축 세력은 전부 재산을 몰수당하고 사형에 처해졌다. 조만해가 그 와중에 살아남을 수 있었던 건 엄청난 행운이 겹쳐서 그럴 수 있었던 거였다. 그리고 그가 재빠르게 움직여서 그런 것이기도 했고.

조만해의 정체를 아는 사람은 국내에 몇 되지 않았다. 일본에서도 조선 총독을 비롯한 극소수에 불과했고. 그래서 분위기가 심상치 않게 돌아가자 조만해는 자신의 정체를 아는 자들을 바로 제거해 버렸다.

물론 전부 없앨 수는 없었다. 하지만 우연하게도 그의 정체를 아는 사람들이 죽거나 말을 할 수 없는 상황이 되었다. 조만해는 그런 기회를 놓치지 않고 재빠르게 움직여서 자신의 가문이 독립운동을 한 것으로 조작했다.

허술하기 짝이 없는 조작이었지만, 6.25가 터지면서 많은 사람이 죽고 자료가 사라지면서 겨우겨우 넘어가게 되었다. 정말 억세게 운이 좋았던 것이다. 하지만 그의 운도 여기까지였다.

"그래, 결심이 섰습니까?"

주혁을 찾아온 형욱은 밤을 꼬박 새운 듯 아주 초췌한 얼굴이었다. 그는 처음에는 이 사실을 믿지 않았다. 누가 이런 일을 쉽게 믿을 수 있겠는가. 그는 절대로 그럴 리가 없다면서 부인했다.

하지만 증거는 잔인할 만큼 명확했다. 형욱은 아직도 충격에서 벗어나지 못한 얼굴이었다. 평생 자신이 믿었던 사실. 그것도 엄청나게 자부심을 가지고 있었던 사실이 모두 거짓이고, 아주 추악한 진실과 마주했으니 그럴 만도 했다.

"내가 뭘 해야 합니까? 아니 내가 이런 상황에서 살아 있을 이유가 있는 겁니까?"

주혁은 그의 심정이 이해는 되었다. 주혁은 천천히 이야기를 꺼냈다.

“MH 그룹을 사회적 기업으로 만들 겁니다. 시간이 좀 걸리겠지만 말이죠.”

백작가가 가진 모든 주식을 받기로 했다. 자진해서 내놓는 형식을 취하기는 했지만, 몰수하는 거나 다름없었다. 그렇게 한 다음 사회적 기업으로 바꾸기 어려운 기업은 전부 매각하거나 공기업으로 만들고, 나머지는 전부 사회적 기업으로 바꿀 것이다.

취약 계층에 일자리를 제공하거나 지역 사회에 공헌을 할 수 있는 그런 기업으로 바꾸는 것이다. 그렇게 되면 회사에서 일하는 사람도 전혀 피해가 없고, 사회적으로도 바람직한 일이라고 생각되어서였다. 그리고 백작가의 전 재산도 사회에 환원하도록 했다.

“회사에 다니는 많은 무고한 사람들이 피해를 입을 수도 있어서 이렇게 하는 겁니다. 그런 문제만 없었더라면 이 사실을 세상에 공표했을 겁니다.”

주혁은 강한 어조로 이야기했다. 실제로 엄청나게 많은 사람들이 고통을 받는 걸 본 주혁으로서는 이런 방향이 더 나은 거라고 생각되었다. 죄를 지은 사람들만 벌을 받으면 되는 것이지, 무고한 사람들까지 피해를 볼 건 없지 않은가.

창욱은 자신이 지은 죄의 대가를 받게 될 것이다. 모든 증거가 검찰로 넘어갔고, 감형이나 특사는 기대할 수 없을 것이다. 그리고 만해는 특별한 장소에서 여생을 보내야 할 것이다. 건강이 악화되어서 남은 생이 얼마 되지는 않을 것 같지만.

"당신 조부가 가장 원하는 게 뭔지 압니까?"

주혁의 물음에 형욱은 말을 하지 못했다. 주혁은 만해가 원하는 것이 무엇인지 잘 알고 있었다. 최고가 되는 것. 그가 원하는 건 최고가 되는 것이었다.

그래서 일본에 협력하면서 조선의 총독이 되려 한 거였고, 자신의 가문과 그룹이 최고가 되게 하려고 그렇게 애를 쓴 거였다. 주혁의 말에 형욱은 고개를 끄덕였다. 지금까지 보아온 할아버지의 모습과 맞아떨어졌으니까.

"지금부터 자신이 쌓아 올린 것들이 하나씩 무너지는 걸 지켜보게 될 겁니다."

그의 이름을 따서 만든 MH 그룹은 서서히 분해되어 나중에는 그가 신경도 쓰지 않았던 일반 국민들에게 돌아갈 것이다. 애써서 키운 기업들이 하나씩 없어지는 걸 눈 뜨고 지켜보아야 할 것이다.

그리고 2황자가 보위에 오르는 일은 절대로 없을 것이다. 그리고 조형욱이 권력에 가까이 가는 일도 마찬가지로 없을 것이다.

"모든 증거는 황실과 제가 나누어서 보관하고 있을 겁니다. 만약 어떤 움직임이 보인다고 하면 그때는 곧바로 공개해야겠죠."

조형욱은 고개를 들어서 하늘을 올려다보았다. 하늘은 맑고 구름 한 점 없었다. 형욱은 갑자기 머리가 핑 도는 걸 느꼈다. 잠시 비틀거리던 그는 자세를 잡고는 피식 웃으면서 말했다.

"속죄하면서 국민을 위해 봉사하라는 거군요."

"맞습니다. 지금까지 해온 것처럼만 하면 될 것 같군요."

사실 형욱은 국회의원이 되고 나서 지금까지 무척 잘해왔다. 그래서 권력에는 욕심을 부리지 말고, 해온 것처럼 하면 된다고 말했다.

"솔직하게 말해서 정치를 하는 사람치고 대권에 욕심이 없는 사람은 없을 겁니다. 저도 아직 이르기는 하지만, 생각이 전혀 없었던 건 아니죠."

형욱의 목소리에는 기운이 하나도 없었다. 하지만 표정은 전보다는 훨씬 밝아져 있었다. 얼굴에서 벌써 많은 걸 내려놨다는 게 보였다.

"솔직히 이대로 죽을까 하는 생각도 했습니다. 하지만 지금 이야기를 들어보니 살아야 하는 이유가 생겼군요."

그는 평생을 속죄하는 마음으로 헌신하겠다고 했다. 그렇게 해서 죄가 모두 지워질지는 모르겠지만, 자신이 할 수 있는 만큼은 해보겠다고 말했다.

"희진이에게는 비밀로 해주시죠. 여린 아이라서 버티지 못할 겁니다."

"그럴 생각입니다."

주혁은 힘없이 돌아가는 형욱의 뒷모습을 바라보았다. 아직 이 이야기를 만해에게는 해주지 않았다. 그는 앞으로 일이 어떻게 흘러갈지 전혀 모르고 있었다.

주혁이 프라하로 떠나고 난 뒤, 일이 하나씩 실행되었다. 창욱은 체포되어 조사를 받았고, 기용은 책임을 지고 모든 재산을 사회에 환원한다는 발표를 했다. 그리고 모든 기업을 사회적 기업으로 바꾼다는 발표도 했다.

창욱의 일로 어수선하던 여론은 조기용의 발표에 의아해했다. 창욱의 죄가 무겁기는 했지만, 전 재산과 그룹을 모두 내놓는 건 전혀 생각지도 못한 일이었기 때문이었다. 기업에서 근무하던 사람들이 조금 동요하긴 했지만, 현재 근무하는 사람들에게는 전혀 변동 사항이 없을 거라는 말에 다들 안심했다. 그리고 실제로도 일하던 사람들에게는 아무런 변화도 없었다.

조기용은 기자회견에서 당연히 했어야 할 일을 너무 늦게 해서 죄송하다며 고개를 숙였다. 그리고 지은 죄를 다 갚지는 못하겠지만, 앞으로도 최선을 다해서 노력하겠다는 말도 덧붙였다. 사람들은 기자회견에서 보여준 조기용의 표정과 말이 이상하다고 수군거렸다.

너무나도 침통한 표정으로 계속해서 사죄한다는 말을 해서였다. 그리고 MH 그룹은 정리 절차에 들어갔다. 한편, 형욱은 민생을 위한 법안을 연구하기 위한 모임을 만들었다. 정말 국민을 위한 것이 무엇인지 연구하기 위함이었는데, 뜻있는 사람들이 많이 모여들었다.

만해는 병원에 있었는데, 사실상 감옥이나 다름없는 곳이었다. 거기서 만해는 계속해서 난동을 부렸다. 그룹이 무너지고 황태자가 차기 보위에 오르는 것이 공식화되었기 때문이었다. 그런 소식이 들릴 때마다 괴성을 지르면서 물건을 집어 던졌지만, 곧 진정제를 맞고 침대에 묶이는 신세가 되었다.

주혁은 예전과 지금을 비교해 보았다. 백작가가 풍비박산이 나고 여러 사람이 자살을 했으며, MH 그룹에서 일하던 많은 사람들이 고통을 받았던 것에 비해서 지금의 상황이 훨씬 좋다고 생각되었다.

만해에 대한 처벌이 약하다는 생각은 있었지만, 평생 동안 이룩하려고 애쓴 것들이 하나씩 무너지는 걸 지켜보는 것도 그리 약한 벌은 아니라는 생각이 들었다.

"그건 그렇고. 올해가 가기 전에 상자를 하나 더 얻게 될 것이라니. 언제 얻게 된다는 걸까? 하나라고 하면 로저 페이튼의 상자일 텐데."

주혁은 황제와 인사를 나누고 받은 종이를 펴보았다. 거기에는 올해가 가기 전에 상자를 하나 더 얻을 거라는 말과 보스와는 내년에 대결해야 한다는 말이 적혀 있었다.

CHAPTER 64
밴쿠버

100% 만족스러운 결과는 아니었다. 동전도 두 개나 사용하게 되었고, 일처리도 깔끔하지는 못하다는 생각이 들었으니까.

"아직 멀었어."

주혁은 스스로를 탓했다.

나이는 서른셋이지만 같은 또래보다는 많은 경험을 해서 스스로 뛰어나다는 생각을 은연중에 하고 있었던 모양이었다.

게다가 하는 일까지 전부 잘 풀려서 우월감이 마음 한편에 싹트고 있었던 것 같았고.

그렇지 않았다면 이런 식으로 일을 처리하지 않았을 것이다.

이번 일은 기분 내키는 대로 했다가 큰 낭패를 당한 거였다.

분명한 자신의 잘못.

그리고 전부 자신이 마음을 제대로 다스리지 못한 탓이었다.

사실 경험이 많고, 생각이 깊어봐야 얼마나 차이가 나겠는가.

이번 일에서도 알 수 있듯이 도토리 키 재기나 마찬가지다. 또래보다 조금 낫기는 하겠지만, 실수도 하고 일처리에 허점이 있는 건 마찬가지였다.

주혁은 다시 한 번 자신을 뒤돌아보게 되었다. 스스로 아직 모자란다는 걸 인정하고 마음을 고쳐먹었다.

하지만 그래도 주어진 상황에서 최선의 결과를 만들어냈다고 생각했다.

무엇보다도 이번 일로 행복해질 사람들이 많다는 게 가장 기분이 좋았다. MH 그룹이 사회적 기업으로 바뀌면서 많은 사람들이 혜택을 보게 될 것이다. 그리고 형욱과 기용이 계속해서 속죄하는 마음으로 일을 할 테니 많은 사람이 그 덕을 볼 테고.

창욱은 평생을 감옥에 있을 것이고, 만해 역시 병원에 감금된 상태로 자신의 꿈이 산산이 부서지는 걸 보게 될 것이다.

그리고 자신이 이렇게 일을 처리하게 된 것도 어떤 운명과 같은 것이라는 생각도 들었다.

"올해는 아직 많이 남기는 했는데……."

주혁은 상자를 하나 더 얻을 수 있다는 말에 크게 고무되었다.

일단 상자 세 개를 갖는다는 게 기분이 좋았다. 이 세상에 존재하는 상자의 절반 이상을 자신이 보유하게 된다는 뜻이니까. 그리고 다른 능력을 얻을 수도 있을 것이고.

하지만 보스와의 대결은 내년으로 미루란 건 또 어떤 뜻인지도 궁금했다.

시간을 되돌려서 두바이에서 꾸준히 수련을 해서 이제 거의 40%에 가까운 숙련도를 얻게 되었다. 이대로 계속 간다면 영화가 끝날 때에는 50%를 넘길 수도 있을 듯했다.

50%는 상당한 의미가 있는 숫자였다. 상대방의 공격을 50% 되돌려 보낼 수 있다는 건 상대의 공격이 무용지물이나 마찬가지라는 거였다.

상대가 100이라는 힘으로 공격을 한다면 주혁과 상대가

50씩 타격을 받는다는 뜻이었으니까.

그래서 50%만 되어도 무조건 유리한 위치라고 생각했다.

물론 숙련도가 올라가면 올라갈수록 더 유리해지는 건 있었지만, 50%만 되면 무조건 자신이 유리하다는 판단이었다.

"하긴, 아직 내가 알지 못하는 것들이 있으니까."

자신에게 이런 능력이 있는 것처럼 보스에게도 특별한 능력이 있을 것이다.

그러니 알란의 조언대로 굳이 올해 안에 대결을 할 이유는 없었다.

오히려 상대가 도발을 해오더라도 넘어가지 않아야 할 것이다.

그런 생각을 하고 있는데, 배우들이 하나둘 도착했다. 주혁이 일찍 현장에 나와 있었던 것이고, 촬영이 시작되려면 아직 많은 시간이 남아 있었다.

"미스터 강. 또 보게 되네요."

암살자 역할로 나온 레아였다.

그녀는 싱글벙글하면서 주혁에게 다가와서 알은척을 했다. 그럴 수밖에 없는 것이 원래 시나리오에서는 두바이에서 빌딩에서 떨어져 죽는 것으로 되어 있었는데, 작품 후반까지 살아남을 수 있었으니까.

그게 다 주혁 덕분이었다.

매력적인 악역이니 끝까지 끌고 가자고 한 것이 주혁이었으니까. 자신이 출연하는 분량도 많아지고 비중도 커지는데 싫어할 배우가 있겠는가.

그녀는 주혁에게 환한 미소를 보냈다.

옆에는 카터 요원으로 나오는 여배우가 같이 있었다. 그녀 역시 주혁에게 밝은 미소를 보냈다.

그녀는 뭄바이에서 있었던 촬영에서 주혁에게 신세를 졌다고 이야기하면서 반가움을 표시했다.

부호를 유혹하는 장면이 아무래도 이상해서 주혁이 아이디어를 냈는데, 덕분에 그 장면이 이상하게 보이지 않았다고 하면서.

주혁은 아이디어만 내고 한국에 들러서 말을 전할 틈이 없었던 것이다.

"보석 아이디어 아주 좋았어요."

시나리오에서는 포도를 입에 물고 남자를 유혹하는 장면이었다.

주혁은 엄청난 부호인 남자가 그 정도 유혹에 쉽게 넘어간다는 게 이해가 되지 않았다.

여자가 포도를 입에 물고 있다고 유혹에 넘어간다니. 누가 그런 걸 납득하겠는가.

그래서 아이디어를 냈다.

그는 오래된 물건들을 수집하는 취미가 있었다. 그래서 아주 클래식한 보석 목걸이를 하고 있어서 관심을 보인다는 걸로 수정하자는 아이디어를 냈던 것이다.

물론 그 보석을 구하는 장면을 이곳에서 새로 찍어야 하긴 했지만, 훨씬 설득력이 있었다.

일단 관심을 끄는 게 문제였지, 관심을 보인 남자를 요리하는 건 얼마든지 설득력 있게 그릴 수 있었다.

주혁도 웃으면서 손을 흔들었다.

그러면서 앞으로 손을 봐야 할 부분에 대해서 생각을 하게 되었다. 암살자가 나오는 장면도 있었고, 세세하게 바뀐 부분도 제법 되었다.

원래 시나리오에서 가장 많이 바뀐 점은 악역들이 강해지고 매력적으로 바뀌었다는 거였다.

감독과 상의해서 최종 보스인 교수나 암살자 캐릭터에 개연성과 매력을 부여하는 데 상당한 공을 들였다. 악당이 살아야 영화 전체가 살아난다는 생각을 해서였다.

타짜에서도 아귀가 매력이 약했다면 사람들이 그렇게 열광했겠는가. 그리고 아저씨에서 형제 악당이 그렇게 악랄하고 흉악하지 않았다면, 그들을 물리쳤을 때의 쾌감은 훨씬 줄어들었을 것이다.

주혁은 이 작품도 마찬가지라고 보았다.

핵무기를 막아야 한다는 것으로는 약하다고 생각되었다. 그것보다는 악당이 강하고 매력적이어야 이 작품의 재미가 제대로 느껴질 것이라고 판단한 거였다.

덕분에 밴쿠버에서 정리해야 할 부분이 꽤 많았다. 바뀐 내용들을 개연성 있게 짜 맞추어야 했으니까.

그래서 잠시 생각을 정리하다가 감독인 브래드를 찾아 나섰다. 생각이 좀 정리가 되어서 상의할 필요성을 느껴서였다.

"오우, 강. 어서 오라고."

브래드가 주혁을 보더니 활짝 웃었다.

"주차장은 거의 다 만들었다고 하더군. 내일 가서 어떻게 되었는지 보자고. 어차피 액션 들어가기 전에 애니메이션 작업도 해야 하니까 말이야."

자동 주차장은 주혁도 어떻게 만들어졌는지 궁금했다. 뭄바이에서 최종 보스인 교수와 대결을 하는 장소였는데, 자동화되어 있는 주차장이라 기계장치로 모든 것이 움직이는 장소였다. 컨셉을 보기는 했는데, 실제로는 어떨지 기대가 되었다.

"결국, 결판은 주차장에서 나는 건데 말이지."

"그렇죠. 주차장에서 교수와 암살자를 동시에 상대해서 가까스로 위기를 막는다. 그 정도는 되어야죠."

그것만이 있는 게 아니었다. 러시아 경찰도 주인공 일행을 더욱 강하게 압박하게 바꾸었다.

그러니 이단 헌트가 이끄는 팀은 러시아 경찰, 암살자 일행, 교수가 이끄는 무리까지 한꺼번에 상대해야 하는 거였다.

그리고 각각의 일당들이 저마다 강력해서 이단 헌트 일행은 하나의 무리만 상대하는 것도 버거울 지경으로 보였다.

하지만 그 정도는 되어야 한다고 주혁은 생각했다.

"적이 강할수록 주인공은 빛나는 법이죠."

주혁과 감독은 각각의 악역들을 더욱 강하게 하기 위해서 머리를 맞대고 고민했다.

* * *

"상당히 스피디하군그래. 이건 브래드의 스타일이 아닌데."

LA에서 촬영한 필름을 보고 있던 제프리와 브라이언은 의견을 교환했다.

두 사람 모두 다른 작품에도 손을 대고 있어서 현재는 미국에 있었지만, 조만간 캐나다로 넘어갈 예정이었다. 영화 막바지에 같이 상의해야 할 그런 부분들이 있었으니까.

"강의 스타일이라고 봐야지. 그가 전체적인 톤이나 템포를 끌고 가는 거야."

브래드는 애니메이션에서 이름을 날린 감독이었다. 그래서인지 어떤 장면에서는 속도감이 조금 부족해 보였고, 지나치게 관객에게 설명하려고 하는 장면이 많았다. 그런데 촬영이 진행되면서 그런 부분이 많이 바뀌었다.

첩보 액션 영화 특유의 긴장감이 살아난 거였다. 거기에다가 감독 특유의 창의적인 재능이 덧칠해져서 아주 독특한 분위기의 작품이 만들어지고 있었다.

"다른 건 몰라도 처음 시나리오보다는 미션 임파서블이라는 제목에 어울리게 된 것 같아서 마음에 들어. 정말 임무를 완수할 수 없을 것처럼 보이거든."

"맞는 말이야. 이게 바로 미션 임파서블이지."

시나리오 단계에서는 감이 잘 오지 않았는데, 바뀐 내용을 보니 이전 내용이 너무 쉬웠다는 걸 확실히 알 수 있었다. 미션 임파서블인데, 그다지 어려울 것 같지 않은 임무면 되겠는가. 누가 보더라도 도저히 해낼 수 없을 것 같은 미션이어야 했다.

그리고 지금 고쳐진 내용이 그랬다. 사방은 적으로 둘러 싸여 있고, 적은 모두 너무나 강력해서 어떻게 할 수 없을 것 같았으니까.

"그런데 그렇게 되면 분량이 너무 많아지지 않을까? 악당에게 시간을 많이 들이게 되면, 어딘가는 덜어내야 할 텐데 말이야."

"아무래도 팀원들의 비밀 같은 부분을 줄여야겠지."

이미 몇 가지 의견이 있었는데, 적과의 대결을 강조하고 팀원 내부의 문제는 줄이는 방향으로 대충 가닥을 잡았다.

이단 헌트 팀은 본부로부터 지원을 받지 못하는 상태에다가, 강력한 적을 셋이나 상대해야 하는 상황이었다.

내부적인 문제가 없더라도 충분히 힘겹고 어려운 상황이었다.

그러니 자잘한 내부적인 갈등은 없어도 문제가 되지 않는다는 판단이었다.

"그 부분도 포함해서 캐나다에 가면 의견을 나눠보자고."

"나는 미스터 강이 어떤 이야기를 할지 벌써부터 기대가 되는군. 그 친구하고 이야기를 나누면 가슴에서 무언가가 팍팍 터지는 그런 느낌이 들어."

둘은 주혁이 제작까지 같이 하게 된 점을 다행이라고 생각하고 있었다. 그가 참여함으로 인해서 영화의 느낌이 훨씬 강렬해졌고, 작업도 빠르고 안정적으로 이루어졌다. 이런 제작자 겸 주연배우라면 보물단지나 마찬가지였다.

같은 시각 주혁은 캐나다 밴쿠버의 촬영 현장에 있었다. 주혁이 출연하지는 않았지만, 촬영장에서 감독과 함께 작품에 관해서 의견을 나누고 있었다.

"너무 약한 것 같은데요? 핸드릭스 교수는 마지막 대결에서 이단 헌트를 곤란하게 할 정도의 인물이니까 격투 실력이 뛰어나다는 걸 그전에 보여줄 필요가 있어요."

"그렇긴 하지. 교수라는 사람이 갑자기 격투 실력을 보이면 이상하게 생각할 테니까."

둘은 배우와 함께 장면을 보면서 이런 부분에 대해서 자세하게 이야기했다. 교수 역을 맡은 배우도 그런 이야기를 듣고는 의욕을 불태웠다. 대미를 장식하기 위해서 반드시 필요한 장면이었으니까.

게다가 이런 장면을 통해서 자신의 배역이 굉장히 매력적으로 탈바꿈했다.

그러니 당연히 연기에 욕심이 날 수밖에.

이단 헌트와 맞설 정도의 액션을 선보여야 해서 계속해서 NG가 났지만, 그는 계속되는 촬영에도 집중력을 잃지 않았다.

그는 훈련을 받아서 상당한 격투 실력을 가지고 있는 미치광이 교수를 제대로 보여주었다. 그리고 그가 이끄는 조직이 어느 정도 세력을 가지고 있는지도 보여주는 장면이었다. 핵무기를 탈취할 정도의 조직이 시시할 리가 있겠는가.

교수가 이끄는 조직의 강력함이 잘 드러날수록 이단 헌트의 임무는 성공하기 어려워지는 것이고, 작품은 흥미진진해지는 것이다.

그렇게 두바이와 프라하, 뭄바이 등에서 촬영한 장면 사이에 비어 있는 부분들을 밴쿠버에서 메꿔 나갔다. 그리고 보석을 훔쳐 내는 장면까지 촬영을 하자 영화의 흐름이 확실하게 보이기 시작했다.

이제는 주차장을 비롯한 몇 장면만 더 촬영하면 되었다. 벌써 이 영화를 촬영한 지도 80일이 다 되어갔다. 물론 주혁이 느낀 시간은 그것보다 훨씬 길긴 했지만.

"이제 주차장 액션을 살펴볼 차례인가?"

브래드는 관자놀이를 누르면서 이야기했다.

그리고 이미 제작해 본 애니메이션을 틀었다. 주차장에서 할 액션을 애니메이션으로 미리 만들어 본 것인데, 주차장과 캐릭터를 아주 잘 표현해서 분위기와 느낌을 확실하게 알 수 있었다.

"확실히 자네 이야기하고 비슷하군."

브래드는 크게 웃으면서 말했다.

언제 보아도 신기한 능력이었다.

감독인 자신도 주차장에서의 액션을 머릿속으로 상상하면서 그렸다. 하지만 주혁처럼 명확하고 선명하게 그리지는 못한다.

"이대로만 하면 되겠어. 그런데 정말 괜찮겠나? 이거 상당히 위험해 보이는데."

주혁은 대역은 절대로 없다면서 자신이 모든 스턴트를 하겠다고 공언했다. 그리고 모든 장면을 자꾸만 위험해 보이는 쪽으로 바꾸었다.

처음에는 브래드도 좋아했지만, 점점 걱정이 되었다. 저러다가 크게 다칠 수도 있다는 생각이 들어서였다.

촬영이 막바지였다. 이런 상황에서 주연배우가 다치기라도 하는 날에는 정말 큰일이 난다.

그래서 이번 스턴트는 대역을 쓰자고 넌지시 권유했었는데, 보기 좋게 거절당했다.

마음 같아서는 강제로라도 대역을 투입하고 싶었지만, 그럴 형편도 아니었다.

주혁은 제작자도 겸하고 있어서 어떤 문제에서는 발언권이 감독인 자신보다 높았기 때문이었다.

게다가 지금까지 보여준 그의 액션이 워낙 탁월한지라 뭐라고 할 수도 없었고.

"알았어. 대신 조심하라고."

주혁은 웃으면서 알았다고 말했다. 숙련도를 쭉쭉 올릴 수 있는 기회인데 왜 대역을 쓰겠는가.

'이런 좋은 기회를 놓칠 수는 없지.'

주혁은 지금까지 촬영된 부분은 만족스러웠다. 편집을 해봐야 알겠지만, 성공에 대한 느낌은 확실하게 왔다. 하지만 실제로 관객들의 반응이 어떨지가 궁금했다.

그는 오래 촬영해서 숙련도를 높였으면 좋겠다는 생각과 하루라도 빨리 개봉해서 관객의 반응을 보고 싶다는, 상충되는 생각을 하면서 즐거워했다.

* * *

주혁이 호텔에 들어와서 휴식을 취하고 있는데 휴대폰이 울렸다. 받아보니 리리아 카르타였다. 몰타에 갔다 온 이후로 간혹 연락을 한 적이 있었는데, 이번에 연락이 온 것은 꽤 오랜만이었다.

"오랜만이네요. 반가워요."

—바쁜데 전화한 거 아니죠?

"괜찮아요. 쉬는 중이에요.

그녀가 출연한 왕좌의 게임은 전 세계적으로 화제를 불러일으키고 있었다. 주혁도 빼먹지 않고 챙겨서 보고 있었는데, 캐릭터의 힘이 정말 대단한 작품이었다. 그리고 판타지였지만, 정말 어딘가에는 저런 세상이 있을 것같이 생생했다.

나오는 인물의 개성은 강했지만 모두 있을 법한 그런 캐릭터여서 공감이 되었다. 그리고 가지고 있는 욕망도 찬성할 수는 없더라도 이해는 되었다. 게다가 배경이 판타지다 보니 다소 과격한 설정이 있더라도 넘어갈 수 있었다.

중세가 배경이니 현대보다는 표현에 자유가 더 있었다. 그녀는 작품을 보았느냐고 물었다. 주혁은 9화까지 모두 보았다. 최근에는 이 작품이 가장 끌렸다. 그리고 상자도 아주 환장을 했다. 방송 시간만 되면 빨리 보자고 재촉하는 통에 다른 걸 할 수가 없었다.

"그럼요. 잘 보고 있어요. 이제는 스타라고 불러도 될 것 같은데요?"

—잘 모르겠어요. 그냥 얼떨떨해요. 실감도 나지 않고…….

리리아 카르타는 말을 흐렸는데, 무척이나 즐거워하고 있다는 걸 느낄 수 있었다. 목소리만 들어도 들떠 있다는 게 다 느껴졌다. 하기야 일약 세계적인 관심을 받게 되었으니 그럴 만도 하지 않겠는가.

왕좌의 게임은 인기 있는 캐릭터들이 넘쳐 났다. 리리아 카르타가 맡은 역할도 그중 하나였다. 그리고 주혁과 친해진 피터라는 배우도 굉장한 인기를 구가하고 있었다. 피터가 맡은 배역은 라니스터 가문의 차남이었다.

피터와도 가끔 연락을 했는데, 이야기를 나눌수록 매력덩어리였다. 그리고 그가 하는 연기를 보면 주혁도 느끼는 바가 있었다. 연기에 내면 깊은 곳에서 우러나는 진한 느낌이 배어 있었다.

주혁은 피터와도 자주 보느냐고 물었는데, 촬영이 이미 끝난 후라서 리리아도 본 지가 꽤 된다는 대답을 들었다.

"그런데 진행이 너무 의외여서 조금 놀라긴 했어요."

—흔하게 볼 수 있는 흐름은 아니죠. 하지만 그래서 더 인기가 있는 것 같아요.

주혁은 그럴 수도 있다는 생각도 들었다. 누구나 예측이 가능한 뻔한 진행이라면 재미가 없지 않겠는가. 어떻게 될지 모르는, 하지만 그 결과를 보고 나면 이해는 할 수 있는 그런 장면이 이어지니 다음 편을 보지 않고서는 못 배기는 거였다.

사실 미국 드라마 중에 이런 식으로 스토리가 이어지는

드라마는 많지 않았다. 보통은 CSI나 섹스 앤드 더 시티와 같이 전체 이야기는 진행이 되더라도 한 편이 완결 구조를 갖는 그런 드라마가 대부분이었다.

그 화에서 일어난 사건은 그 화에서 마무리가 되는 그런 구조. 미국 사람들은 살인 사건이 있으면 범인이 누구인지 밝혀지게 되고, 썸을 타는 사람이 생기면 어떻게든 결론이 나는 그런 드라마에 익숙했으니까.

하지만 한국 드라마 같이 스토리가 이어지는 드라마가 있기는 했다. 주혁은 왕좌의 게임이 작년에 했던 스파르타쿠스와도 상당히 흡사한 부분이 있다고 생각했다. 하지만 개인적으로 왕좌의 게임이 훨씬 매력적이라고 생각했다.

솔직하게 말해서 주혁은 북부의 수장이 죽으리라고는 생각지도 못했다. 원작을 보지 못한 그는 가장 매력적인 캐릭터 중 하나였던 그가 딸들과 함께 극적으로 탈출하지 않을까 하는 생각을 했었다.

그리고 아마도 자신이었다면 그런 식으로 이야기를 끌어나갔을 것 같았다. 하지만 이 작품은 그러지 않았다. 현실적이라고 해야 할지, 아니면 괴팍하다고 해야 할지는 모르겠지만, 아무튼 무척 특이한 작품이었다. 이런 의외성이 매력이기도 했다.

게다가 적절히 잔인하고 적절하게 선정적이었다. 성인을

위한 판타지라는 게 어떤 건지를 보여주는 그런 작품이었다.

주혁은 이런 작품을 만들 수 있는 풍토 자체가 부러웠다. 그리고 이런 작품을 만들어봤으면 좋겠다는 열망도 생겼다.

―드라마가 히트한 배경에는 당신 공도 있어요. 제작진도 무척 고마워하고 있고요.

"연락은 받았어요. 언제 한번 회사로 방문을 해달라고 하더군요."

초창기 홍보를 할 때 주혁의 덕을 조금 보았다. 사실 방영을 시작한 4월 17일 이전까지만 해도 이 작품이 그렇게 유명세를 탄 건 아니었다. 기대감은 있었지만, 대중적인 관심이 높은 작품은 아니었다.

오히려 리리아 카르타와 주혁의 인연이 더 큰 화제였다. 세인트 엘모 사건에서 주혁이 구한 사람 중 한 명이 리리아 카르타이며, 그런 인연으로 주혁이 몰타의 촬영장에 방문한 것이 대중의 관심을 더 끌었다.

아무래도 주혁이 대중적인 인기는 굉장했던 시기였으니 당연한 일이었다.

왕좌의 게임은 이제 마지막 회만 남겨두고 있었는데, 주혁은 결말이 궁금했다. 그래서 살짝 물어봤지만, 그녀는 웃기만 했다.

"벌써 차기작 이야기가 나오고 있다고요? 그것 참 잘됐네요."

그녀는 벌써 시즌 2 이야기가 나오고 있다고 했다. 다들 시즌을 생각하고 제작은 하지만, 모든 작품이 속편을 만드는 건 아니었다. 시즌 1이 죽을 쓰면 그것으로 작품이 종료되는 경우도 허다했다.

하지만 주혁이 보기에 이 작품은 상당히 오래갈 수 있을 듯했다. 그렇게 생각하는 이유는 바로 캐릭터들이 매력이 있기 때문이었다. 지금은 캐릭터의 시대라고 할 만큼 영화나 드라마에서 캐릭터가 중요했다.

주혁은 개인적으로 영화나 드라마를 플롯이 강한 작품과 캐릭터가 강한 작품으로 구분하고 있었다. 플롯도 물론 중요했다. 이야기 자체의 힘이 있어야 작품을 끌고 갈 수가 있으니까. 하지만 캐릭터의 힘이 점점 더 중요해지고 있었다.

아무래도 사람들의 눈을 쉽게 휘어잡을 수 있는 건 매력적인 캐릭터였다. 플롯은 계속해서 작품을 봐야 알 수 있는 것이었으니까. 그런 측면에서 왕좌의 게임은 시즌이 계속해서 나올 수 있을 가능성이 높았다.

"아. 그래서 나한테도 시간을 알려달라고 했던 건가? 혹시 언제 제작사로 모일 계획이 있어요?"

—예. 올가을에 일정을 잡고 있다고 들었어요. 늦어도 겨울부터는 촬영에 들어가야 할 테니까요.

다들 모이는 자리에 주혁도 부르기 위해서 일정을 물어본 듯했다.

주혁은 리리아와 피터를 보기 위해서라도 참석해야겠다고 생각했다.

가을이면 영화 촬영은 모두 끝난 상태이고, 아직 본격적인 마케팅은 들어가지 않은 상황일 것이다. 조만간 촬영이 마무리될 것이고, 자잘한 작업을 하고 나면 여름의 막바지쯤 될 것이다.

"가을에 볼 수 있겠군요. 기대하고 있을게요."

—저도요. 그전에라도 시간이 되면 연락할게요.

통화를 하고 나니 활력이 샘솟는 기분이 들었다. 주혁은 통화를 마치고 입가에 미소를 매달고 잠을 청했다.

* * *

"이태영이 나온 영화 흥행 성적이 상당히 좋은데요? 이태영 연기도 꽤 좋았다는 평이구요."

"그래?"

주혁은 그 영화도 한번 봐야겠다는 생각을 했다. 자신도 인터넷을 통해서 꽤나 작품이 괜찮다는 이야기는 들었다. 이태영은 악당의 오른팔 역할을 했는데, 무척 인상적인 연기를 선보였다는 평이었다.

전 세계적으로도 흥행은 성공적이었는데, 한국에서는 이태영의 덕분인지 예상보다 더 큰 성공을 거두고 있다고 했다.

사실 사람들은 주혁의 작품을 손꼽아 기대하고 있었다. 할리우드 블록버스터 영화에 한국 배우가 주연을 맡은 건 처음이었으니까. 하지만 미션 임파서블은 겨울이나 되어야 개봉할 예정이었다.

그래서 이태영이 조연으로 출연한 엑스맨 퍼스트 클래스가 반사이익을 보고 있는 중이었다. 거기에도 한국 배우가 출연했고, 연기에 대한 평도 좋았으니 사람들의 발길이 그리로 향한 거였다.

"지금 한국에 있는데 엄청 바쁘다네요. 예능도 무지하게 나오고 있구요."

주혁은 같은 한국 사람이 할리우드에서 성공하는 건 진심으로 축하해 줄 수 있었다. 자신이 도움을 줄 수 있다면, 얼마든지 도움을 줄 수도 있었고.

하지만 그가 보스와 연관이 되어 있다는 사실이 걸렸다.

'이태영을 한번 만나야 하는 건가? 아니, 그전에 보스는

도대체 왜 이태영을 밀어주는 거지?'

이태영이 보스의 도움을 받아서 갑자기 연기력이 늘었다는 건 확실했다. 세 명의 머릿속을 들여다보았을 때 모두 같은 기억을 가지고 있었으니까. 그 당시에는 별거 아니라고 생각해서 그냥 넘어갔었다.

섀도우나 오드아이같이 능력이 뛰어난 자들도 자신의 상대가 되지 못하는데, 이제 막 능력을 키우기 시작한 이태영은 아무런 문제가 되지 않는다고 생각했으니까. 하지만 지금 생각하니 이상했다.

'보스의 목표는 분명히 모든 상자를 독차지하고 자신의 뜻대로 이 세상을 주무르는 건데 말이지.'

그런데 왜 이태영은 배우의 길을 가고 있는 것인지 이해가 되지 않았다. 보스가 판타지에 나오는 드래곤처럼 정말 오랜 시간을 살아오면서 심심해서 유희를 하는 거라면 이해가 되었다. 그런 거라면 설득력이 있었으니까.

하지만 지금은 주혁이라는 강적을 눈앞에 두고 있는데, 굳이 왜 이태영 같은 배우에게 공을 들이고 있는지 모를 일이었다. 분명히 무언가 목적이 있을 것이고, 그것은 주혁과 관련이 있을 것이다.

처음에는 자신의 정보를 얻거나 자신에게 접근하기 위한 수단으로 활용하려 한다고 생각했다. 같은 나라에 하는 일이 같으면 자연스럽게 접근할 수 있으니까. 하지만 지금까지 그를 이용해 자신에게 접근한 적이 한 번도 없었다.

만나자고 연락을 한 적도 없었고, 같은 작품에 출연하려고 애를 쓴 적도 없었다. 그러니 자신에게 접근하기 위해서라는 이유는 배제해도 좋을 듯했다.

'그렇다면 도대체 뭐지? 혹시 비밀 병기 같은 건가? 나에게 무언가를 할 수 있는 그런 용도로 키우는?'

생각을 하면 할수록 찜찜했다. 상대가 무언가를 꾸미고는 있는데 그걸 알지 못하니 답답했다. 오드아이나 셰도우, 그리고 로저 페이튼을 거의 무력화시키고 나니 이제는 이태영이 거슬리는 거였다.

하지만 새로 얻은 능력이 있으니 어떤 능력이 있다고 하더라도 자신이 불리할 수는 없을 것 같았다. 그런데 묘하게 신경이 거슬렸다. 그리고 자꾸만 보스와의 대결은 내년으로 미루라는 알란의 전언이 생각났다.

그것이 혹시 이태영과 관련된 무엇 때문에 그런가 하는 생각이 들었다. 그것이 아니라면 지금 당장 대결을 해도 자신이 불리할 게 없다는 생각이었으니까. 하기야 보스도 바보가 아닌 이상에는 무언가 수를 준비하고 있지 않겠는가.

그렇게 생각하는 게 당연할 것이다. 그런 대비조차 하지 않는 자였으면 아마도 지금까지 살아남지도 못했을 것이다. 거기까지 생각이 미치니 더욱더 궁금해졌다.

'안 되겠다. 이태영의 기억도 살펴봐야겠다. 기억을 보면 어떤 능력을 가지고 있는지, 아니면 무슨 일을 꾸미고 있는지 알 수 있겠지.'

이태영이 보스와 관련이 있는 걸 알게 된 이상 그의 기억을 살피는 걸 주저할 필요는 없었다. 그리고 잘하면 보스의 정체가 누구인지도 알 수 있을 거로 생각했다.

주혁은 장백에게 이태영의 스케줄이 어떻게 되는지 알아보라고 이야기했다.

"한국에 언제까지 있을 건지, 외국으로 나가게 되면 언제 어디로 가는지 좀 알아봐."

"예. 알아보는 거야 어렵지 않죠. 그런데 왜요? 한번 만나시게요?"

"봐서. 암튼 그런 얘기는 하지 말고 그냥 알아봐."

장백은 알겠다고 하고는 핸드폰을 들고 어디론가 연락을 하러 움직였다.

* * *

주혁은 눈앞에 보이는 거대한 창고 앞으로 걸어갔다. 창고라고 하기에는 너무나도 거대한 건물이었다.

"오, 미스터 강."

브래드가 주혁을 발견하고는 손을 흔들었다. 그의 얼굴에는 항상 장난꾸러기 같은 표정이 남아 있었다. 그리고 일하는 사람들도 대부분 순수하고 아이 같다는 느낌이 들었다. 아마도 상상 속의 세상을 만드는 일을 하는 사람들의 특징이 아닐까 싶었다.

주혁은 거대한 자동 주차장의 위용을 눈으로 보면서 할리우드 자본력의 위력을 실감했다. 이런 걸 직접 만들 생각을 했다는 것 자체가 놀라웠다.

"정말 대단하네."

주혁이 도착했을 때, 마침 시스템을 체크하고 있었다. 곧 있을 촬영에 대비해서 문제가 없는지 체크하는 건 필수였으니까. 건물은 20미터도 넘는 듯했다. 창고가 워낙 거대해서 상대적으로 작아 보이는 것이지 절대로 작은 규모가 아니었다.

7층 정도 되는 높이었다. 그리고 자동차를 실은 판이 계속해서 움직이고 있었다. 그냥 모양만 만든 게 아니라, 실제로 자동차를 자동으로 주차할 수 있는 시스템 자체를 만든 거였다. 유압 시스템으로 만들었다고 이야기를 했는데, 그걸 설명하는 담당자의 표정에는 자부심이 가득했다.

"굉장하네요. 이런 걸 직접 만들 생각을 했다니 말이죠."

주혁은 이 공간에서 두 명의 강적을 상대로 마지막 대결을 펼치게 된다. 이미 애니메이션으로 만들어서 어떤 느낌인지 알고 있었지만, 다시 한 번 머릿속으로 그려보았다. 암살자와 교수를 동시에 상대하는 자신의 모습을.

주혁의 상상 속에서 정말 위태롭고 아슬아슬한 장면이 계속해서 연출되었다. 하지만 그만큼 사람들은 긴장을 할 것이고, 숨소리조차 내지 못하고 화면에 빠져들 것이다. 주혁은 눈을 감고 몸을 살짝살짝 움직이면서 상상의 세계에 빠져 있었다.

지나가던 사람들이 주혁을 보더니 주변에 조용하라는 신호를 보냈다. 주혁이 저러는 게, 그가 촬영에 들어가기 전에 혼자만의 리허설을 하는 거라는 사실을 이제는 모든 사람이 알고 있었으니까. 주혁은 그의 상상 속에서 엄청난 혈투를 계속해서 벌이고 있었다.

* * *

클라이맥스. 영화에서 가장 결정적인 순간을 말한다. 그리고 대부분 영화에서 가장 흥미로운 부분이기도 하다. 주차장에서의 대결이 바로 그러했다. 사실 클라이맥스는 이곳에 오기 전부터라고 할 수 있다.

이단 헌트의 일행을 막으려는 자들로 가득했다. 이단 헌트를 폭파범이라고 생각하는 러시아 경찰, 다이아몬드를 빼앗으려는 암살자의 일행, 핵미사일 발사를 저지하려는 이단 헌트를 제거하려는 핸드릭스 교수의 조직.

어느 하나 만만하게 볼 수 없는 세 조직의 추격과 방해를 팀플레이로 극복하고 이단 헌트가 주차장까지 온 것이다. 사실 주차장에 올 수 있었던 것도 믿기지 않을 정도의 활약이었다. 그만큼 힘든 작전이었다.

그리고 마지막 대결. 핵미사일을 멈출 수 있는 가방을 사수하려는 핸드릭스 교수와 그걸 빼앗아 핵미사일을 막으려는 이단 헌트. 그리고 이단 헌트가 가지고 있는 다이아몬드를 빼앗으려는 암살자 사빈 모로. 셋이 한 공간에서 만났다.

"액션."

주혁이 재빠르게 움직이면서 교수에게 달려갔다. 움직이고 있는 주차장의 기계 사이로 움직여야 해서 스태프들도 바짝 긴장하고 있었다. 안전장치가 있기는 했지만, 까딱 실수라도 하는 날에는 엄청난 사고로 이어질 수도 있는 장면이었으니까.

유압 시스템으로 움직이는 주차장 기계에 깔리거나 자동차나 강철 구조물에 잘못 부딪치기라도 하는 날에는 생각만 해도 끔찍한 일이 일어날 것이다. 하지만 주혁은 한 점의 흐트러짐도 없는 몸놀림으로 차가운 강철 구조물 사이를 날아다녔다.

"너무 위험한 거 아닌가?"

제프리가 화면을 보면서 중얼거렸다. 이런 종류의 영화에서 클라이맥스 장면이니 굉장히 위험하게 보여야 하는 건 맞았다. 하지만 여러 가지 트릭을 사용해서 위험해 보이게끔 장면을 연출하는데 지금은 그냥 보기에도 좀 위험한 게 아닌가 싶었다.

"저 친구를 누가 말리겠나. 그리고 이중 삼중으로 안전장치를 해놔서 큰 문제는 없을 거야."

브라이언이 대답했다. 주혁이 강력하게 요구해서 주차장에서의 액션이 대폭 강화되었다. 주혁은 너무 밋밋하다는 주장을 하면서, 적어도 부르즈 할리파에서의 액션보다는 임팩트가 있어야 하지 않겠느냐고 말했다.

모두가 고개를 끄덕였다. 적어도 클라이맥스인데 초반의 액션보다 묻혀서야 되겠는가. 그래서 난이도나 여러 측면에서 보강이 되었다. 그래서 나온 것이 지금의 액션. 제프리와 브라이언은 보면서도 계속해서 고개를 저었다.

"그래도 확실히 심장을 오그라들게 만드는 건 있군그래. 정말 처절한 혈투가 뭔지 보여주는 것 같아."

정말 처절한 장면이었다. 나중에는 총에 맞아 다리를 절면서 적을 상대해야 하는 상황이 되어 더욱 긴장감을 높였다. 그리고 주혁의 표정 연기도 아주 훌륭했다.

액션 장면이라고 연기가 들어가지 않는 건 아니다. 상대와 격투를 벌일 때도 항상 똑같은 마음일 리는 없지 않은가. 그래서 액션을 하면서도 표정 연기를 한다. 하지만 주혁이 보여주는 모습은 지금까지 보아왔던 것과는 조금 달랐다.

뭐라고 할까. 인간적인 향기가 풍긴다고나 할까. 아무튼, 지금까지 보아왔던 액션에서의 연기와는 차이가 있었다.

지금까지의 영화에서는 이런 장면에서 치밀어 오르는 분노나 반드시 임무를 완수하겠다는 결의와 같은 것이 드러났다. 하지만 주혁의 액션에서는 그런 감정보다는 인간적인 면모가 드러나서 훨씬 느낌이 좋았다.

"이런 게 동양인의 감성일까?"

제프리와 브라이언은 화면을 보면서 중얼거렸다. 묘한 기분이 들었다. 스타일이 완전히 달라서 뭐라고 말하기가 어려웠다. 기존의 액션도 분명히 장점이 있었다. 지금까지 전 세계적으로 그런 액션이 통용되었던 것은 다 이유가 있어서였을 테니까.

하지만 주혁의 액션은 자신들이 보아왔던 것과는 궤를

달리했다. 굳이 이름을 붙이자면 감성적인 액션이라고나 할까. 그렇다고 시원하고 통쾌한 맛이 떨어지는 건 아니었다. 분명히 화려하고 호쾌한 액션임에는 분명했다.

하지만 정말 악전고투하는 내내 주인공의 심정이 이해가 되었다. 그래서 더 주인공을 응원하게 되고 안타까워하게 되었다. 확실히 주혁은 사람들의 마음을 끌어들이는 재주가 있는 배우였다.

사실 주혁은 액션에 이렇게까지 감정 표현을 할 생각은 아니었다. 그런데 피터의 연기를 보고는 생각이 조금 바뀌었다. 액션이라고 하더라도 주인공의 마음이 관객에게 전달되어야 사람들이 더욱 영화에 빠져들 수 있을 거라 생각한 것이다.

그래서 상황마다 주인공이 어떤 심리 상태이고, 어떤 감정을 가지고 있는지 표현하려고 노력했다. 그리고 그것은 성공적인 것처럼 보였다. 화면으로 보이는 영상은 무척 신선하게 보였으니까.

사람들은 언제나 신선한 것을 원한다. 신선한 것이라고 해서 세상에 없던 전혀 새로운 것을 말하는 건 아니다. 그런 건 오히려 낯설기 때문에 거부감이 든다. 신선한 것이란 기존에 있는 것에 한 가지가 독특한 걸 말한다.

적어도 이 자리에 있는 사람들은 그렇게 생각했다. 기존에 있는 액션에 화려함과 호쾌함을 더하고, 거기에 인간적인 매력을 첨가한 주혁만의 스타일.

"오케이."

감독의 외침이 울리고 주혁이 내려와서 같이 영상을 살폈다.

"어때요?"

"아까보다 훨씬 좋은 것 같아. 특히 표정이 아주 좋았어. 나는 이렇게 많은 생각과 감정이 담겨 있는 표정이 좋더라고."

감독은 아주 만족스럽다는 표정으로 이야기했다. 그리고 주혁도 이 정도면 괜찮다고 생각했다. 그리고 제프리와 브라이언도 같은 생각이었다.

"그럼 다음 장면으로 가지. 자, 자. 다들 다음 준비하자고."

감독은 자리에서 일어서서는 사람들에게 외쳤다. 스태프들이 다음 장면에 맞추어 세팅을 하느라 분주하게 움직였다. 주혁은 앉아서 잠시 쉬면서 정신을 가다듬었다.

두 가지를 동시에 한다는 건 무척이나 피곤한 일이었다. 연기와 수련. 그것도 액션을 하면서 거기에 감정 연기까지. 아마도 얼마 전에 실수를 한 경험이 없었다면 지금의 장면은 나오지 않았을 것이다.

실수를 통해서 아직도 자신이 부족하다는 점을 깨닫고는 조금 나은 방향은 없는지 계속해서 찾아보니 이런 장면도 나오게 된 거였다. 실수를 하고도 제자리에 멈추어 있는 사람은 될 수 없었다. 어떻게 얻은 기회인데 그렇게 나태한 마음가짐을 갖겠는가.

"그나저나 한 곳에서 세 팀이나 촬영을 진행한다니. 한국에서는 보기 어려운 장면이네."

주차장에는 다음 장면 준비를 하고 있는 곳 말고도 촬영이 진행되는 곳이 두 곳이나 더 있었다. 시간을 아끼기 위해서 사용하지 않는 공간에서 촬영을 하는 거였다.

예전에 네오하트를 찍을 때, 워낙 시간이 부족해서 두 팀이 촬영을 한 적이 있기는 했지만, 일반적인 케이스는 아니었다. 감독이나 PD가 모든 촬영을 연출하니까. 자동차 장면의 그래픽 소스를 찍는 정도만 별도의 팀이 나가서 촬영을 한다.

흥미롭게 다른 촬영 팀을 바라보던 주혁은 눈을 감고 다음 장면을 상상했다. 이번에도 굉장히 위험할 수 있는 그런 연기였다. 그래서 숙련도를 높일 아주 좋은 기회였다.

계속해서 연기와 수련에 모두 정신력을 소모하다 보니 주혁도 피곤함을 느꼈다. 주혁은 엄연히 한계가 존재하는 사람이었으니까. 그것이 다른 사람보다 조금 수치가 높을 뿐이지 무적은 아니었다.

주혁은 눈을 감고 휴식을 하면서 뜨거워진 머리를 식혔다. 그리고 한참 뒤 촬영 준비가 끝났다는 소리에 자리에서 일어났다.

* * *

창고에서의 장면은 모두 끝났다. 이제는 모스크바에서 크렘린 궁이 폭파되는 장면. 거기서 이단 헌트가 폭발에 휩쓸려서 날아가는 장면만 촬영하면 모든 촬영이 마무리된다.

"벌써 시간이 이렇게 흘렀나?"

브래드가 중얼거렸다. 사람들은 마무리를 앞두고 다들 감회에 젖는 듯했다. 이곳에서만 일한 스태프도 그랬지만, 특히나 계속해서 같이 움직였던 사람들은 더욱 감흥이 큰 모양이었다. 주혁도 정말 시간이 어떻게 가는 줄 모르고 일에만 푹 빠져 있었던 것 같았다.

물론 중간에 일이 생겨서 잠시 그 문제를 해결하려고 움직이기는 했지만, 그걸 감안하더라도 정말 정신없이 시간을 보낸 느낌이었다. 그렇게 바쁘게 보내다가 이제 촬영이 끝나간다는 걸 숙소에서 나오다가 느끼게 되었다.

다른 방에 있던 사람들이 짐을 싸고 있는 걸 보았기 때문이었다. 그리고 벌써 빈방도 있었고. 정말 기분이 묘했다. 항상 작품을 할 때마다 느끼는 거지만, 이런 이별의 순간은 익숙해지지가 않았다.

대수롭지 않게 여기는 사람도 있겠지만, 적어도 주혁에게는 그랬다. 작품이 끝나고 나면 아쉽고 허전한 마음이 들었다. 같이 고생했던 사람들과의 헤어짐, 그리고 자신이 푹 빠져 있었던 캐릭터와의 이별.

모든 것이 씁쓸했다. 그만큼 작품에 푹 빠져 있었기 때문에 그런 것이리라. 작품을 하는 동안에는 정말 그 작품과 열정적으로 사랑을 하는 그런 셈이다. 그러니 이별의 아픔도 큰 것이 당연했다.

하지만 그만큼 기대감도 컸다. 확실히 할리우드는 스케일 자체가 달랐다. 누가 부르즈 할리파에서 영화를 찍을 수 있겠는가. 그리고 7층 높이의 자동 주차장을 만들 수 있겠는가. 할리우드가 아니면 불가능할 것이다.

하지만 주혁은 이제는 블록버스터도 조금 달라질 필요가 있다고 생각했다. 무조건 터뜨리고 싸우는 건 사람들도 진력을 낼 것이다. 기본적으로 이야기의 힘과 캐릭터의 매력이 없으면 아무리 돈을 많이 들여서 폭파 장면과 CG를 넣는다고 해도 성공할 수 없을 것이다.

그래서 그런 부분을 이번 작품에 넣으려고 많은 이야기를 했고, 성공적으로 마무리되었다고 생각했다. 무척이나 많은 부분이 바뀌고 그에 따라서 새로운 촬영을 해야 했지만, 모두가 만족스러워하고 있었다.

"자, 준비하자고."

폭파 장면이 준비가 되었는지 촬영 준비를 하라는 신호가 왔다. 어려울 건 없는 장면이었다. 도로 밑에서 폭발이 일어나는데, 달리는 주혁을 점점 쫓아오는 거였다. 그러다가 아주 가까이서 폭발이 일어나고, 붕 떠서 날아가면 그걸로 끝이다.

아쉬운 건 숙련도였다. 거의 50%에 가깝게 되긴 했지만, 50%에 미치지는 못했다. 갈수록 숙련도가 올라가는 속도가 느려졌다. 예상으로는 50%를 넘길 수 있겠다고 생각했는데, 결국에는 실패했다.

하지만 목표로 삼은 50%가 얼마 남지 않은 상황. 이제는 이태영과 로저 페이튼의 상자에 신경을 써야겠다고 생각했다. 그런 생각을 하는 사이에 준비가 끝났고, 잠시 후 감독의 소리가 들렸다.

"레디. 액션."

*　　*　　*

"형님. 이태영하고는 스케줄이 묘하게 꼬이는데요?"

"그래? 뭐가 어떤데?"

촬영이 끝나고 짐을 싸는데 장백이 들어오더니 이야기를 건넸다. 이태영의 스케줄을 알아 온 거였는데, 주혁이 보니 살짝 어긋나 있었다.

주혁은 잠시 LA에 들렀다가 한국으로 가는 것으로 일정이 잡혀 있었다. 그런데 이태영은 얼마 후 한국을 떠나 유럽으로 갔다가, 거기서 얼마간 머문 후 미국으로 오는 것으로 스케줄이 잡혀 있었다.

그러니 둘이 같은 지역에 있게 되는 건 주혁이 가을에 미국에 올 때나 되어서였다. 대략 두 달 정도 후의 일이었다. 주혁은 이태영의 일정을 따라서 이동을 할까도 생각했지만, 그만두었다.

지금 잡혀 있는 일정도 모두 중요한 일이었다. 그리고 이태영의 문제는 당장 급한 건 아니었다. 보스와의 대결은 어차피 내년이나 되어야 할 수 있는 거였으니까. 그래서 지금 일정에 충실하고, 가을에 미국에 왔을 때 기회를 보기로 했다.

"한국에는 별일 없지?"

"계속 바쁜가 보더라고요. 다들 잘나가니까요."

아토 엔터테인먼트는 순풍에 돛 단 듯 잘나가고 있었고, 새로 제작되는 드라마들도 문제없이 촬영되고 있다고 했다. 하지만 주혁이 자리를 오래 비워서 돌아가면 해야 할 일이 제법 많을 것이다.

그리고 미래도 보고 싶었다. 외국에 있으니 한국에 있는 사람들과 통화를 자주 하게 되었다. 사실 한국에 있을 때는 특별히 자주 통화를 하지 않았는데, 외국을 돌아다니다 보니 자주 연락을 했다.

지언과도 그랬고, 같이 작품을 했던 사람들과도 종종 대화를 나누었다. 지언과 통화를 할 때, 주혁의 목소리가 들리자 미래가 컹컹대면서 짖는 소리가 들렸다.

그리고 자신을 처음으로 이끌어주었던 안형진 선생님이나 손강호 선배, 민세희, 그리고 지아와도 연락을 했다. 외삼촌이나 조카들, 그리고 학교 동기들과도 연락한 것은 물론이었고.

"돌아가면 한동안은 바쁠 것 같다. 만날 사람도 많고, 해야 할 일도 많고."

주혁은 엄살을 떨었지만, 표정에는 웃음이 한가득 있었다. 누가 뭐라고 해도 가까운 사람들과 시간을 보낼 수 있는 것만큼 즐거운 일이 어디 있겠는가. 아무리 팬들의 환호를 받고, 귀빈 대접을 받아도 가까운 사람과 맥주 한잔하면서 이야기를 하는 것보다는 못했다.

“LA에서 일은 빨리 마치고 한국으로 가자. 너도 빨리 가고 싶지?”

“이를 말입니까, 형님. 돌아가면 먼저 집부터 들러야지요. 가서 어머니가 끓여주신 김치찌개부터 먹을 겁니다.”

주혁은 피식 웃었다. 자신도 외삼촌네 모여서 같이 만두를 빚어서 먹을 생각이었으니까.

주혁은 하늘을 보았는데, 오늘따라 낯선 기분이 들었다. 하지만 다시 한국으로 돌아갈 생각을 하니 마음이 더없이 푸근했다.

『즐거운 인생』 11권에 계속…